세 마리 토끼 잡는 독서 논술

B5

초2~초3

저자: 지에밥 창작연구소_

'지에밥'은 '찐 밥'이라는 뜻을 가진 순우리말로, 감주ㆍ막걸리ㆍ인절미 등 각종 음식의 재료를 뜻합니다.
'지에밥 창작연구소'는 차지고 윤기 나는 밥을 짓는 어머니의 정성처럼 좋은 내용으로 세상 모든 사람들에게
넉넉하게 쓰일 수 있는 지혜를 선물하고 싶습니다.

이 책을 쓴 지에밥 연구원들_

강영주(지에밥 창작연구소 소장, 빨간펜 논술, 기탄 국어 등 기획 개발), 김경선(동화작가 및 기획 편집자),
김혜란(동화작가, 아동문학가협회 회원), 왕입분(동화작가 및 기획 편집자), 우현옥(동화작가), 이현정(동화작가),
이혜수(기획 편집자), 이현정(동화작가 및 기획 편집자), 정성란(동화작가), 조은정(동화작가 및 기획 편집자),
최성옥(기획 편집자), 한현주(동화작가), 한화주(동화작가), 홍기운(동화작가 및 기획 편집자)

이 책을 감수한 선생님들_

권영민(서울대학교 국어국문학과 교수), 홍준의(서원대학교 과학교육과 교수),
김병구(숙명여자대학교 의사소통센터 교수), 문영진(전북대학교 국어교육과 교수), 조현일(원광대학교 국어교육과 교수),
김건우(대전대학교 국어국문학과 교수), 유호종(서울대학교 철학박사), 구자송(상암고등학교 국어 교사),
김영근(서울과학고등학교 국어 교사), 최영환(여의도고등학교 국어 교사), 구자관(한성과학고등학교 국어 교사),
윤성원(한성과학고등학교 국어 교사), 장원영(세화고등학교 역사 교사), 박영희(대왕중학교 과학 교사),
심선희(서울고등학교 과학 교사), 한문정(숙명여자고등학교 과학 교사)

세 마리 토끼 잡는 독서 논술 B5권

펴낸날 2019년 12월 10일 개정판 제1쇄
지은이 지에밥 창작연구소 | **연구원** 김지연, 조은정, 이자원, 차혜원 | **펴낸이** 주민홍 | **펴낸곳** ㈜NE능률 | **디자인** framewalk | **삽화** 김석류(표지, 캐릭터)
영업 한기영, 주성탁, 박인규, 장순용 | **마케팅** 박혜선, 고유진, 김상민 | **주소** 서울특별시 마포구 월드컵북로 396(상암동) 누리꿈스퀘어 비즈니스타워
10층(우편번호 03925) | **전화** (02)2014-7114 | **팩스** (02)3142-0356 | **홈페이지** www.nebooks.co.kr | **출판등록** 제1-68호
ISBN 979-11-253-3086-8 | 979-11-253-3112-4 (set)

- -

펴낸날 2012년 3월 1일 1판 1쇄
기획 개발 지에밥 창작연구소 | **디자인 기획 진행** 고정선 | **디자인** 유정아, 박지인, 이가영, 김지희 | **삽화** 오유선, 안준석, 정현정, 윤은하, 김민석, 윤찬진, 정효빈,
김승민

제조년월 2019년 12월 **제조사명** ㈜NE능률 **제조국** 대한민국 **사용 연령** 9~10세

하루하루 성장하는
내 아이의 모습을 확인하길 바라며

프랑스의 유명한 정신 분석 학자이자 철학자인 라캉은 인간이 성장한다는 것은 '상징계'에 편입되는 것이라고 말했습니다. 그가 말한 상징계란 '언어를 매개로 소통하는 체계'를 의미하는데, 우리가 살아가는 세상 혹은 사회가 바로 그것입니다. 결국 한 아이가 태어나서 정신적으로 성장하는 아동기에서 가장 중요한 것은 언어로 소통하는 능력을 키우는 일입니다. 〈세 마리 토끼 잡는 독서 논술〉은 이와 같은 점에 주목하여 기획하고 구성하였습니다.

첫째, 문자 언어를 비롯하여 그림, 도표 등 다양한 상징체계를 이해하는 과정을 통해 통합적인 언어 이해력을 키울 수 있도록 하였습니다.

둘째, 텍스트 이해력뿐만 아니라 추론 능력, 구성(표현) 능력, 비판적 사고 능력 등을 통합적으로 길러서 여러 가지 문제를 해결하는 데 실질적으로 도움이 될 수 있도록 하였습니다.

셋째, 초등 교육과정의 핵심 내용과 밀접하게 연계되도록 설계하였습니다.

부모님보다 더 훌륭한 스승은 없습니다. 〈세 마리 토끼 잡는 독서 논술〉은 부모님 이외의 다른 어떤 선생님도 필요 없습니다. 이 학습 프로그램을 통해서 하루하루 성장하는 내 아이의 모습을 확인하는 기쁨을 누리시길 바랍니다.

세마리 토끼잡는 독서논술 이란?

어떤 책인가요?

하나의 주제와 관련된 다양한 글(동화, 시, 수필, 만화, 논설문, 설명문, 전기문 등)을 읽고 통합 교과적인 문제를 풀면서 감각적 언어 능력(작품의 이해와 감상)과 논리적 이해 능력(비문학의 구조, 추론, 적용 등), 국어 지식(어휘, 문법 등), 사회와 과학 내용 등을 통합적으로 익히는 독서 논술 프로그램 학습지입니다.

몇 단계, 몇 권인가요?

〈세 마리 토끼 잡는 독서 논술〉은 다음과 같이 총 5단계, 25권입니다.

단계	P단계	A단계	B단계	C단계	D단계
대상 학년	유아~초등 1년	초등 1년~2년	초등 2년~3년	초등 3년~4년	초등 5년~6년
권 수	5권	5권	5권	5권	5권

세 마리 토끼란?

'독서', '사고', '통합 교과'의 세 가지 영역을 말합니다. 즉, 한 권의 독서 논술 책으로 다양한 장르의 글을 읽을 수 있고, 논술 문제를 풀면서 사고력을 기를 수 있으며, 초등학교 주요 교과 내용과 연계된 문제를 풀면서 통합 교과 학습을 할 수 있습니다.

독서
＊각 단계에 맞게 초등학교의 주요 교과 내용을 주제로 정함.
＊각 권의 주제와 관련된 글을 언어, 사회, 과학 등으로 나누어 읽을 수 있음.

사고
＊언어, 사회, 과학 등과 관련된 다양한 장르의 글을 읽고 논술 문제를 풀면서 생각하는 능력과 생각하는 폭을 확장할 수 있음.

통합 교과
＊다양한 장르의 글을 읽고 초등학교 국어, 사회, 과학 등의 학습 내용과 관련된 문제를 풀면서 통합 교과 학습을 할 수 있음.

하루에 세 장씩 꾸준히 학습하면 세 마리 토끼를 잡을 수 있어요.

하루에 세 장씩 학습하면 한 권을 한 달에 끝낼 수 있어요.

세 마리 토끼잡는 독서논술 이런 점이 다릅니다

초등학교 교과 내용과 긴밀하게 연결되어 있습니다.

각 단계의 권별 내용과 문제는 그 단계에 맞는 학년의 주요 교과 내용과 긴밀하게 연결되어 교과 학습에 도움을 줍니다.

하나의 주제를 통합 교과적으로 접근합니다.

각 권마다 하나의 주제가 있고, 그 주제를 언어, 사회, 과학과 연결시켜서 사고를 확장할 수 있게 하였습니다. 그리고 여러 교과와 연계된 문제를 풀면서 통합 교과적인 사고를 할 수 있습니다.

다양한 서술·논술형 문제를 풀 수 있습니다.

매 페이지마다 통합 교과 논술 문제를 제시하여 생각하는 힘과 표현력을 키울 수 있는 것은 물론 학교 시험에서 강화되고 있는 서술·논술형 문제에 대비할 수 있습니다.

다양한 장르의 글을 접할 수 있습니다.

각 주제와 관련된 명작 동화, 창작 동화, 전래 동화, 설화, 설명문, 논설문, 수필, 시, 만화, 전기문 등 다양한 장르의 글을 읽으면서 각 장르의 특성을 체험하며 독서하는 습관을 기를 수 있습니다. 특히 현재 왕성하게 활동하고 있는 여러 동화 작가의 뛰어난 창작 동화가 20여 편 수록되어 있습니다.

수준 높은 그림을 많이 제시하여 흥미롭게 학습할 수 있습니다.

어린이들은 글과 그림이 조화를 이룬 책으로 공부할 때 학습 효과를 높일 수 있습니다. 또한 좋은 그림은 어린이들의 정서 발달에 도움을 줍니다. 이런 점을 생각하여 한 페이지를 넘길 때마다 수준 높은 그림을 제시하여 어린이들이 흥미롭게 학습할 수 있도록 하였습니다.

세마리 토끼잡는 독서논술 은 이렇게 구성되었습니다

독서 전 활동   생각 열기

★ 한 주의 학습을 시작하기 전에 주제와 관련된 사진이나 그림을 보고, 앞으로 학습할 내용에 대해 흥미를 가질 수 있도록 하였습니다.

★ '생각 톡톡'의 문제를 풀면서 주제에 대한 자신의 경험이나 평소 생각을 돌이켜 보며 앞으로 학습할 내용을 짐작할 수 있도록 하였습니다.

★ 통합 교과 활동과 이어질 교과서의 연계 교과를 보며 교과 내용을 참고할 수 있도록 하였습니다.

독서 중 활동   깊고 넓게 생각하기

★ 한 권에 하나의 주제가 있고, 그 주제를 언어, 사회, 과학으로 나누어서 다양한 장르의 글을 읽으며 통합 교과 문제와 논술 문제를 풀 수 있도록 구성하였습니다.

★ 1주는 언어, 2주는 사회, 3주는 과학과 관련된 제재로 구성하였고, 4주는 초등 교과에서 다루고 있는 여러 가지 장르별 글쓰기(일기, 동시, 관찰 기록문, 기행문, 독서 감상문, 기사문, 논설문, 설명문, 희곡 등)와 명화 감상, 체험 학습 등의 통합 교과 활동으로 구성하였습니다.

독서 후 활동   생각 정리하기

되돌아봐요

★ 앞에서 읽은 글을 돌이켜 보면서 이야기의 흐름과 중심 생각을 파악하고, 더 나아가 자신의 생각을 발전시키는 문제를 풀 수 있도록 하였습니다. 이를 통해 한 주 동안 읽고 생각한 내용을 머릿속에서 차근차근 정리할 수 있습니다.

내가 할래요

★ 주제와 관련된 여러 가지 활동을 하며 한 주의 학습을 마무리할 수 있도록 하였습니다. 종이접기, 편지 쓰기, 그림 그리기 등 재미있는 활동을 하며 창의력과 상상력을 키울 수 있습니다.

★ 한 주의 학습이 끝난 다음 체크 리스트를 통해 학습한 주요 내용을 잘 이해하고 적용할 수 있는지 평가할 수 있습니다.

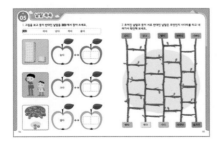

낱말 쏙쏙 (유아 P단계)

★ 한 주 동안 글을 읽으며 새로이 배운 낱말들을 그림과 더불어 살펴보고 익힐 수 있습니다.

궁금해요 (초등 A~D단계)

★ 한 주 동안 읽은 글이나 주제와 관련된 배경지식을 제공하여 앞에서 학습한 내용을 좀 더 깊이 이해할 수 있습니다.

세마리 토끼잡는 독서논술의 커리큘럼

단계	권	주제	제재			
			언어(1주)	사회(2주)	과학(3주)	통합 활동 장르별 글쓰기(4주)
P (유아 ~초1)	1	나의 몸 살피기	뾰족성의 거울 왕비	주먹이	구슬아, 어디로 가니?	몸 튼튼, 마음 튼튼
	2	예절 지키기	여우와 두루미	고양이가 달라졌어요	비비네 집으로 놀러 와!	안녕하세요?
	3	친구와 사귀기	하얀 토끼, 까만 토끼	오성과 한음	내 친구를 자랑합니다!	거꾸로 도깨비 나라
	4	상상의 즐거움	헤라클레스의 모험	용용 죽겠지?	나는야 좋은 바이러스	상상이 날개를 달았어요
	5	정리와 준비의 필요성	지우개야, 고마워!	소가 된 게으름뱅이	개미 때문에, 안 돼~!	색깔아, 모양아! 여기 모여라!
A (초1 ~초2)	1	스스로 하기	내가 해 볼래요!	탈무드로 알아보는 스스로 하는 힘	우리도 스스로 잘 살아요	일기를 써 봐요
	2	가족의 소중함	파랑새	곰이 된 아빠	동물들의 특별한 아기 기르기	편지를 써 봐요
	3	놀이의 즐거움	꼬부랑 할머니와 흰 눈썹 호랑이	한 번도 못 해 본 놀이	동물 친구들도 노는 게 좋대요	머리가 좋아지는 똑똑한 놀이
	4	계절의 멋	하늘 공주가 그린 사계절	눈의 여왕	나뭇잎을 관찰해요	동시를 써 봐요
	5	자연 보호	세모산 솔이	꿀벌 마야의 모험	파브르 곤충기 (송장벌레)	관찰 기록문을 써 봐요
B (초2 ~초3)	1	학교생활	사랑의 학교	섬마을 학교가 좋아졌어요	우리 반 사고뭉치 기동이	소개하는 글을 써 봐요
	2	호기심 과학	불개 이야기	시턴 동물기(위대한 통신 비둘기 아노스)	물을 훔쳐 간 범인을 찾아라!	안내하는 글을 써 봐요
	3	여행의 즐거움	하나의 빨간 모자	15소년 표류기	갯벌 탐사 여행	기행문을 써 봐요
	4	즐거운 책 읽기	행복한 왕자	멸치 대왕의 꿈	물의 여행	독서 감상문을 써 봐요
	5	박물관 나들이	민속 박물관에는 팡이가 산다	재미있는 세계 이야기 박물관	과학관으로 놀러 오세요	광고하는 글을 써 봐요

단계	권	주제	제재			
			언어(1주)	사회(2주)	과학(3주)	통합 활동 장르별 글쓰기(4주)
C (초3 ~초4)	1	교통의 발달	자동차의 왕, 헨리 포드	당나귀를 타려다가……	교통수단, 사람들 사이를 잇다	명화 속 교통수단
	2	날씨와 환경	그리스 로마 신화	북극 소년 피터	생활 속 과학	날씨와 생활
	3	나누며 사는 삶	마더 테레사	민들레 국숫집	지진과 화산	주장하는 글을 써 봐요
	4	지역의 자연환경	울산 바위의 유래	우리 마을이 최고야!	아름다운 우리 고장	우리 마을 지도를 그려 봐요
	5	지역의 문화	준치가 메기 된 날	강릉의 딸, 겨레의 어머니 신사임당	우리나라 풀꽃 이야기	지역 특산물을 소개해 봐요
D (초5 ~초6)	1	우리 역사	삼국유사	옛날 사람들은 어떻게 살았을까?	역사를 바꾼 겨레 과학	지붕 없는 박물관, 경주 역사유적 지구
	2	문화재	반야산 불상의 전설	난중일기	우리 문화에 숨어 있는 과학	설명하는 글은 어떻게 쓸까요?
	3	경제생활	탈무드로 만나는 경제	나눔을 실천한 기업가 유일한	재미있는 확률 이야기	기사문은 어떻게 쓸까요?
	4	정보화 사회	컴퓨터 천재 빌 게이츠	봉수와 파발	컴퓨터와 인터넷 세상	연설문은 어떻게 쓸까요?
	5	세계와 우주	우주를 여행하는 과학자 스티븐 호킹	80일간의 세계 일주	별과 우주	희곡은 어떻게 쓸까요?

각 학년의 교과와
연계된 주제로 다양한 글을
읽을 수 있어요.

교재의 학습 방법

세 마리 토끼 잡는 독서 논술 이렇게 공부하세요

자신 있게 학습할 수 있는 단계를 선택하세요.

〈세 마리 토끼 잡는 독서 논술〉은 어린이 개인의 능력에 따라 단계를 선택하여 학습할 수 있는 교재입니다. 학년과 상관없이 자신이 자신 있게 학습할 수 있는 단계부터 선택하는 것이 중요합니다. 너무 어려운 단계나 너무 쉬운 단계를 선택하면 학습에 흥미를 잃을 수 있으므로 주의하세요.

한 주 동안 읽어야 할 독서 자료를 미리 읽으세요.

한 주 동안 읽어야 할 독서 자료를 미리 읽고 전체 내용을 파악한 다음, 매일 3장씩 읽고 문제를 푸는 것이 독서 학습을 하는 데 효과적입니다. 독서에는 흐름이 있습니다. 전체의 흐름을 미리 알고 세부적인 문제를 푸는 것이 사고력 확장에 도움이 됩니다.

매일 3장씩 꾸준히 공부하세요.

'가랑비에 옷이 젖는다.'라는 속담처럼 매일 꾸준히 3장씩 읽고, 생각하고, 표현하다 보면 독서, 사고, 통합 교과적 사고 능력이 성장한다는 것을 느낄 수 있을 것입니다. 그리고 매일 학습을 마친 뒤에는 '1일 학습 끝!' 붙임 딱지를 붙이면서 성취감을 느껴 보세요.

한 주 학습을 마친 후 자기 평가를 해 보세요.

한 주 학습이 끝난 다음에는 체크 리스트를 통해 학습한 내용을 얼마나 이해하고 적용할 수 있는지 스스로 평가해 보세요. 그래서 부족한 부분이 있다면 다시 한번 짚고 넘어가세요.

부모님과 깊이 있는 대화를 나누어 보세요.

한 주 동안 독서 자료를 읽고 문제를 풀면서 생각하고 표현해 보았다면, 그 주제에 대해 부모님과 이야기를 나누어 보세요. 주제에 대해 자신이 새롭게 알게 된 것이나 다르게 생각하게 된 것을 부모님과 이야기하다 보면 생각이 더욱 커진답니다.

한 주 학습표

일	월	화	수	목	금	토

★ 한 주 동안 읽어야 할 독서 자료 미리 읽기

★ 매일 3장씩 학습하기 → '1일 학습 끝!' 붙임 딱지 붙이기 → 한 주 학습이 끝나면 체크 리스트를 보며 평가하기

★ 부족한 부분 되짚기
★ 주요 내용 복습하기

세 마리 토끼 잡는 독서 논술

B단계 5권

주제	주	제목	교과 연계 내용
박물관 나들이	언어(1주)	민속 박물관에는 팡이가 산다	[국어 3-1] 문단의 짜임을 생각하며 읽기 / 글을 읽고 중요한 내용 찾기
			[사회 3-2] 옛날 생활 모습 이해하기 / 변화하는 전통 의례 알기
			[사회 4-2] 시대별 가족의 모습과 역할 변화 알기
	사회(2주)	재미있는 세계 이야기 박물관	[국어 3-1] 이야기를 읽고 느낀 감동 전하기
			[국어 3-2] 차례대로 내용 간추리기 / 인물의 말과 행동 생각하며 읽기
			[사회 3-1] 우리 고장의 위치와 모습 이해하기
			[사회 4-1] 지역을 대표하는 문화유산 알기
			[통합교과 겨울2] 다른 나라에 관심 갖기
	과학(3주)	과학관으로 놀러 오세요	[국어 3-1] 글을 읽고 중요한 내용 찾기 / 설명하는 글의 특징 알기
			[과학 3-1] 물체와 물질이 무엇인지 알기
			[통합교과 여름1] 생활에서 에너지를 절약하는 방법 알기
	장르별 글쓰기 (4주)	광고하는 글을 써 봐요	[국어 2-1] 글에서 주요 내용 확인하기 / 주변에 있는 물건 설명하기
			[국어 3-1] 글을 읽고 중요한 내용 찾기
			[국어 4-1] 생각과 느낌을 효과적으로 전달하기

1주

민속 박물관에는 팡이가 산다

생각톡톡 우리나라 민속 박물관에는 어떤 물건들이 전시되어 있을지 써 보세요.

관련교과 [국어 3-1] 문단의 짜임을 생각하며 읽기 / 글을 읽고 중요한 내용 찾기
[사회 3-2] 옛날 생활 모습 이해하기 / 변화하는 전통 의례 알기

민속 박물관에는 팡이가 산다

음력 5월 5일 단옷날 저녁이에요.

민속 박물관 마당에서 봉산 탈춤 공연이 펼쳐졌어요. 봉산 탈춤 중에서 노장중이 나와서 추는 노장춤이었지요.

여느 날 같으면 조상들이 쓰던 물건을 전시해 놓은 박물관 안이 붐빌 테지만, 오늘은 봉산 탈춤을 보러 나온 사람들로 박물관 마당이 시끌벅적했어요.

"둥둥둥, 쿵기덕 쿵덕! 얼씨구, 좋다!"

북과 장구 소리가 높아지고 춤사위가 흥겨워지자 구경하던 사람들도 신이 나서 어깨를 으쓱거리며 춤을 추었어요. 한쪽에서는 으라차차 한바탕 씨름이 벌어지고, 그네뛰기 시합도 열렸어요.

어느덧 달님이 하늘 높이 떠오르자 사람들은 하나둘 집으로 돌아가고 민속 박물관 마당에는 어둠이 내려앉았어요. 봉산 탈춤에 쓰였던 꼬불꼬불 요상하게 생긴 지팡이만 마당에 외롭게 남겨져 있었지요.

※ **봉산 탈춤**: 황해도 봉산에 전해지는 탈춤.
※ **춤사위**: 민속춤에서 낱낱의 춤 동작.

언어 **1. 이 글에 나온 민속 박물관은 무엇을 전시해 놓은 박물관인가요? (   )**

① 전 세계 이야기책을 모아 전시한 박물관

② 전 세계 민속 의상을 모아 전시한 박물관

③ 어린이들이 좋아하는 장난감을 모아 전시한 박물관

④ 조상들이 쓰던 물건이나 자료들을 모아 전시한 박물관

사회 탐구 **2. 이 글은 단옷날에 벌어진 일입니다. 다음 중 단옷날에 하는 놀이는 어느 것인가요? (   )**

①

타작

②

씨름

③

길쌈

논술 **3. 우리나라에는 봉산 탈춤뿐만 아니라 판소리, 농악 등의 전통문화가 많이 있습니다. 이러한 전통문화를 보면 어떤 생각이나 느낌이 드는지 써 보세요.**

그때, 달빛 한 줄기가 지팡이를 비추자 지팡이에서 하얀 연기가 피어올랐어요. 잠시 뒤 지팡이에 깃들어 살고 있는 도깨비 팡이가 배배 꼬인 허리를 두드리며 나타났지요.

"에구구, 허리야. 좁은 지팡이 속에 온종일 있었더니 힘드네."

그러면서 주위를 둘러보던 팡이는 깜짝 놀랐어요. 봉산 탈춤을 출 때 사용하는 물건을 항상 보관해 두는 통나무집이 아니었거든요.

"어, 여기가 어디지?"

팡이가 어리둥절해서 마당 여기저기를 둘러보고 있을 때, 곡식을 찧는 절굿공이에 깃들어 사는 도깨비가 통통 튀어나오더니 팡이에게 말했어요.

"넌 봉산 탈춤 놀이 패와 함께 온 지팡이 도깨비구나?"

"네. 그런데 여기는 어디예요?"

팡이는 낯선 곳에 혼자 남겨진 것을 알고 덜컥 겁이 났어요.

※ **절굿공이**: 절구에 곡식 따위를 빻거나 찧거나 할 때에 쓰는 방망이.

언어 1. 이 글에 나오는 절굿공이는 어디에 쓰이는 도구인가요? (   )

① 물을 나를 때 쓰이는 도구
② 논밭을 가는 일에 쓰이는 도구
③ 곡식을 찧는 일에 쓰이는 도구
④ 나무를 베는 일에 쓰이는 도구

과학
탐구 2. 달빛을 받은 지팡이에서 도깨비 팡이가 나왔습니다. 이 이야기에 나오는 달은 다음 중 무엇의 주위를 도는 위성인지 찾아 ◯표 하세요.

(1)

지구 (   )

(2)
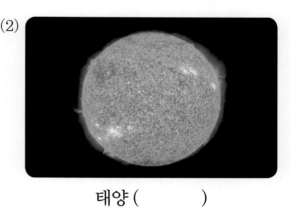
태양 (   )

논술 3. 팡이는 낯선 곳이 보이자 어리둥절했습니다. 여러분은 언제 어리둥절한 표정을 짓는지 두 가지 경우를 보기 처럼 써 보세요.

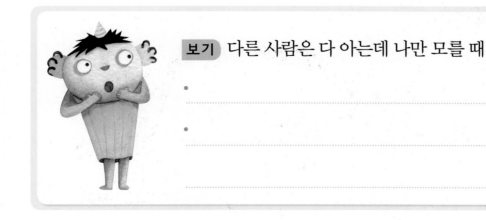

보기 다른 사람은 다 아는데 나만 모를 때

• ....
• ....
....

15

아직 어린 도깨비인 팡이는 금세 눈에 눈물이 가득 고였어요.

"잉잉, 내가 사는 통나무집에 가고 싶어요."

쌀을 넣어 두는 뒤주에 깃들어 사는 도깨비가 안타깝게 말했어요.

"쯧쯧, 오래된 물건에 깃들어 사는 우리 도깨비들은 너를 마음대로 데려다줄 수 없단다. 우리는 함부로 옮겨 다닐 수 없거든."

옷감을 다듬는 다듬잇방망이에 깃들어 사는 도깨비가 팡이를 달랬어요.

"여기에서 살아 보렴. 공기도 맑고 친구도 많아서 괜찮을 거야."

"내가 재미있는 이야기해 줄 테니 한번 들어 볼래?"

허수아비에 깃들어 사는 도깨비가 팡이의 울음을 그치게 하려고 나섰어요. 절굿공이 도깨비, 뒤주 도깨비, 다듬잇방망이 도깨비도 기대에 찬 얼굴로 허수아비 도깨비 주변에 빙 둘러앉았어요. 팡이도 호기심이 생겼는지 눈물이 그렁그렁한 채 귀를 기울였어요.

1. 팡이는 집에 가고 싶어서 눈에 눈물이 고였습니다. 밑줄 친 '눈'과 같은 뜻으로 쓰인 눈은 어느 것인가요? (   )

보기   팡이는 금세 눈에 눈물이 가득 고였어요.

① 봄이 되자 꽃눈이 돋아났습니다.

② 눈 덮인 겨울 산이 하얗게 빛났습니다.

③ 겨울에 함박눈이 내렸으면 좋겠습니다.

④ 나는 텔레비전을 가까이 보아서 눈이 나빠졌습니다.

 2. 이 글에 나오는 물건과 그 이름을 줄로 이으세요.

(1)    • ㉠ 뒤주

(2)    • ㉡ 허수아비

(3)    • ㉢ 다듬잇방망이

 **3.** 만약에 여러분이 팡이처럼 길을 잃어버려서 집을 찾아갈 수 없다면 어떻게 할지 써 보세요.

길을 잃어버렸나 봐!

17

「옛날 옛날 어느 대갓집※ 영감님 이야기야.

영감님이 친구와 술을 마시고 얼큰하게 취해서 달도 없는 깜깜한 밤에 집에 가는데 웬 선비※ 한 명이 길을 막고 서서 비켜 주지 않더래. 영감님이 아무리 비켜 달라고 말해도 선비는 꼼짝 않고 서 있더란다.

화가 난 영감님은 크게 꾸짖으며 말했어.

"요놈, 썩 비키지 못할까? 감히 내 앞을 막다니 버릇이 없구나."

그래도 선비가 비켜 주지 않자 영감님은 선비와 씨름을 했어. 하지만 선비가 어찌나 힘이 센지 영감님은 선비를 이길 수가 없었어. 결국 힘이 빠진 영감님은 땅바닥에 풀썩 주저앉아 잠이 들고 말았어.

다음 날, 잠이 깬 영감님은 허수아비를 보고 무척 놀랐어.

'내가 밤새 허수아비와 씨름을 했단 말인가?'

영감님은 창피해서 뒤도 돌아보지 않고 집으로 달려갔단다.」

※ **대갓집**: 대대로 세력이 있고 번창한 집안.
※ **선비**: 옛날에 공부를 해서 아는 것이 많으나 벼슬하지 않은 사람.

1. 이 글에 나타난 사실로 알맞은 것은 어느 것인가요? (   )

① 영감님은 선비와 씨름을 했습니다.

② 영감님은 허수아비와 씨름을 했습니다.

③ 영감님은 밤에 곧장 집으로 돌아갔습니다.

④ 영감님은 다음 날 아침 선비를 보고 놀랐습니다.

 2. 이 글에 나오는 허수아비는 어떤 옷을 입고 있을까요? (   )

①    ②    ③

3. 영감님이 허수아비와 한 씨름은 우리 조상들이 즐겨 하던 우리 고유의 운동입니다. 씨름은 어떻게 해야 상대방을 이길 수 있는지 써 보세요.

◀ 김홍도 '씨름'

"그 이야기 참 재미나다!"

도깨비들은 허리를 잡고 하하 호호 웃어 댔어요.

"점잖은 영감님이 허수아비와 씨름을 하다니 배꼽이 빠질 지경이네."

곡식을 가는 맷돌에 깃들어 사는 도깨비가 데굴데굴 구르자, 뒷간에 깃들어 사는 뒷간 도깨비가 앞으로 나서며 자신 있게 말했어요.

"그것보다 더 재미난 이야기도 있어. 자, 들어 봐."

「옛날, 한 아이가 뒷간에 빠졌는데 다행히 엄마가 아이를 건져 내서 살았대.

엄마는 아이를 깨끗하게 씻겼지만 그래도 아이가 똥독에 오를까 봐 송편만 한 떡 100개를 만들어서 아이에게 주었어. 그러고는 '똥떡 똥떡' 외치며 동네 사람들에게 떡을 돌리라고 했단다. 그렇게 하면 똥독에 오르지 않는다는 말이 있었기 때문이지. 뒷간에 빠진 아이가 "똥떡 똥떡!" 하고 외치면서 온 동네 사람들에게 떡을 돌리는 모습을 상상해 봐.」

※ **뒷간**: '변소'를 부드럽게 부르는 말.

언어 1. 이 글에는 맷돌 도깨비가 데굴데굴 굴렀다는 문장이 나옵니다. 데굴데굴 구르는 모양으로 알맞은 것에 ○표 하세요.

(1)

(   )

(2)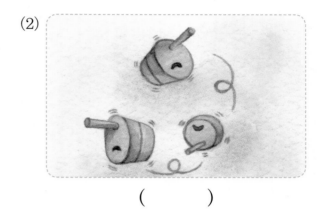

(   )

사회탐구 2. 뒷간에 빠진 아이에게 엄마가 송편을 만들어 주었습니다. 우리나라 명절 중에서 송편을 만들어 먹는 명절은 언제인가요? (   )

① 설날   ② 추석   ③ 단옷날   ④ 대보름날

논술 3. 여러분이 동네 사람들에게 똥떡을 돌려야 한다면 뒷간에 빠졌다고 놀리는 사람들에게 어떻게 말할지 써 보세요.

"아이고, 고약해라. 냄새가 여기까지 나는 것 같네. 하하!"

팡이는 어느새 도깨비들의 재미있는 얘기에 푹 빠져 활짝 웃었어요.

그때, 부지깽이에 깃들어 사는 도깨비가 시무룩하게 말했어요.

"내가 더 작아지기 전에 꼭 장독 버선 아씨랑 혼례를 치러야 하는데……."

그제야 천하대장군 장승에 깃들어 사는 도깨비가 소리쳤어요.

"맞다, 오늘이 부지깽이랑 버선 아씨 혼례 올리는 날이잖아. 깜빡했네."

그 말에 장독에 붙여 놓은 버선 속에 깃들어 사는 버선 도깨비가 수줍게 웃으며 나왔어요. 도깨비들은 저마다 이리저리 바삐 뛰어다니며 부지깽이 도깨비와 버선 도깨비의 혼례를 준비했어요.

"바쁘다, 바빠!"

팡이는 장독에 붙여 놓은 버선을 신기하게 쳐다보았어요.

※ **부지깽이**: 아궁이에 불을 땔 때에, 불을 헤치거나 나무와 같은 연료를 밀어 넣거나 끌어내는 데 쓰는 가느다란 막대기.
※ **장승**: 돌이나 나무에 사람의 얼굴을 새겨서 마을 어귀에 세운 푯말.

1. 이 글에서 오늘 혼례를 올리는 도깨비는 누구와 누구인가요? (   )

①

조왕할머니 도깨비와
장승 도깨비

②

뒤주 도깨비와
절굿공이 도깨비

③

부지깽이 도깨비와
버선 도깨비

2. 다음은 우리나라의 전통 혼례식 모습입니다. 전통 혼례식에서 사용되지 <u>않는</u> 물건은 어느 것인가요? (   )

① 절구   ② 혼례복

③ 혼례상   ④ 술과 음식

3. 우리나라의 전통 혼례식과 요즘 흔히 볼 수 있는 서양식 결혼식의 차이점이 무엇인지 보기 처럼 써 보세요.

보기 전통 혼례식은 혼례상 앞에서 식을 올리지만, 서양식 결혼식은 주례자 앞에서 식을 올립니다.

23

"장독 도깨비님, 왜 버선을 붙여 놓으신 거예요?"

팡이가 똘망똘망한 눈으로 묻자 장독 도깨비가 신이 나서 대답했어요.

"그건 호기심 많은 악귀가 버선 안으로 들어갔다가 어지러워서 나오지 못하게 하려고 사람들이 붙인 거란다. 그래야 장독 안에 있는 간장, 된장, 고추장 맛이 나쁘게 변하는 걸 막을 수 있거든."

"아하, 그렇구나!"

키가 작아 신랑 옷이 질질 끌리는 부지깽이 도깨비를 보며 팡이가 부엌을 지키는 조왕할머니 도깨비에게 물었어요.

"할머니, 부지깽이 도깨비는 왜 자꾸 키가 작아지는 거예요?"

"그건 아궁이에 불을 땔 때에 자꾸 불구덩이를 쑤셔서 작아지는 거란다."

팡이는 그제야 더 작아지기 전에 버선 도깨비와 혼례를 올려야 하는 부지깽이 도깨비의 마음을 이해했어요.

※ **악귀**: 나쁜 귀신.
※ **아궁이**: 방이나 솥 따위에 불을 때기 위하여 만든 구멍.

1. 팡이는 도깨비들에게 이것저것 물었습니다. 밑줄 친 낱말과 뜻이 반대되는 낱말을 이 글에서 찾아 쓰세요.

> 팡이가 장독 도깨비에게 <u>물었어요.</u>

> 장독 도깨비가 신이 나서 _____.

 2. 이 글에 나온 다음 물건들이 하는 일을 줄로 이으세요.

(1)

•

㉠ 간장, 된장, 고추장 따위를 담아 두거나 담그는 독입니다.

(2)

•

㉡ 장독에 붙여서 악귀를 물리치고 장맛을 지켜 내는 일을 합니다.

 3. 버선 안에 들어간 악귀는 어떤 말을 할까요? 보기 처럼 상상하여 재미있는 말을 써 보세요.

보기 발 냄새 때문에 숨을 못 쉬겠어!

....

....

....

그때, 어디선가 시끄럽게 다투는 소리가 들렸어요. 혼례용 가마 도깨비와 장례용 상여 도깨비가 서로 자기가 잘났다며 다투는 소리였어요. 혼례용 가마 도깨비가 콧대를 세우며 말했어요.

"혼례를 올리는 가장 경사스러운 날에 아름답게 단장한 신부를 모시고 가는 일보다 더 중요한 일이 어디 있겠어? 그러니 내가 최고야."

그러자 이에 질세라 장례용 상여 도깨비가 턱을 치켜들며 말했어요.

"아니야. 이승에서 착한 일을 하고 저승으로 가는 사람을 모시고 가는 일이 더 중요해. 그러니 내가 최고야."

"아니야, 내가 최고야."

혼례용 가마 도깨비와 장례용 상여 도깨비가 티격태격 다투었어요.

그때까지 두 도깨비의 이야기를 듣던 다른 도깨비들이 슬금슬금 앞으로 나섰어요. 그러고는 서로 자기가 더 잘났다며 잘난 척하기 시작했어요.

※ **콧대**: 우쭐하고 거만한 태도를 빗대어 나타낸 말.
※ **단장**: 얼굴, 머리, 옷차림 따위를 곱고 예쁘게 꾸미는 일.
※ **이승**: 지금 사람들이 살고 있는 세상.
※ **저승**: 사람이 죽은 뒤에 그 혼이 가서 산다고 하는 세상.

언어 1. 빈칸에 알맞은 말을 이 글에서 찾아 쓰세요.

(1) 죽은 사람을 장사 지내는 예식을 ☐☐ 라고 합니다.

(2) 신랑과 신부가 결혼을 하는 예식을 ☐☐ 라고 합니다.

(3) 지금 살고 있는 세상을 ☐☐ 이라고 합니다.

(4) 사람이 죽은 뒤에 그 혼이 가는 세상을 ☐☐ 이라고 합니다.

사회 탐구 2. 다음에서 설명하는 물건이 무엇인지 이 글에서 찾아 쓰세요.

- 사람의 시체를 실어서 묘지까지 나르는 도구입니다.
- 이것에 끈을 달아서 10여 명의 사람들이 이것을 메고 이동했습니다.

(   )

논술 3. 혼례용 가마 도깨비가 콧대를 세우며 자신이 최고라고 말했습니다. '콧대'를 이용하여 보기 처럼 문장을 만들어 보세요.

보기   동생이 상을 받았다고 <u>콧대</u>를 세우며 말했습니다.

"아니야. 새해 첫날 새벽에 복을 많이 받기 위해 집집마다 벽에 걸어 놓는 복조리에 사는 내가 최고야."

복조리 도깨비가 까불까불 몸을 들썩이며 말했어요.

"동짓날에 악귀를 쫓아내 주는 팥죽을 끓여 내는 나야말로 최고지."

커다란 가마솥에 깃들어 사는 도깨비가 앞으로 나서며 말했어요.

"신발을 훔쳐 가는 야광이 귀신을 쫓아내는 내가 최고야."

광주리 도깨비도 질세라 으스대며 소리쳤어요.

옛날에는 섣달그믐 밤에 찾아와 자기 발에 맞는 신발을 신고 달아나는 야광이 귀신을 쫓아내기 위해 대문에 광주리를 걸어 놓았거든요.

호기심 많은 야광이 귀신이 광주리에 난 구멍을 세다가 새벽에 수탉이 우는 소리에 놀라 그냥 돌아가라는 뜻이지요.

※ **동짓날**: 1년 중 밤이 가장 긴 날. 양력으로 12월 22일이나 23일경이다.
※ **광주리**: 대나무나 버드나무 줄기 등을 이용해 둥글고 성기게 엮어 만든 그릇.
※ **섣달그믐**: 음력으로 한 해의 마지막 날.

1. 복조리는 두 낱말이 합쳐진 낱말입니다. 보기 처럼 두 낱말이 만나서 새로운 뜻을 가진 낱말이 된 것은 어느 것인가요? (   )

1주 3일
학습 끝!

붙임 딱지 붙여요.

> 보기   복+조리=복조리

①
눈사람

②
다리미

③
강아지

2. 이 글에 나오는 명절과 그날에 하는 풍습을 줄로 이으세요.

(1) 설날 •

(2) 동짓날 •

(3) 섣달그믐 •

• ㉠ 조상께 차례를 지내고 세배를 하며 떡국을 먹습니다.

• ㉡ 새벽에 닭이 울 때까지 잠을 자지 않고 새해를 맞이합니다.

• ㉢ 이날을 1년의 시작으로 생각하여 악귀를 쫓기 위해 팥죽을 먹습니다.

3. 이 글에 나오는 '복조리'는 복을 많이 받기 위해 새해에 벽에 걸어 놓는 것입니다. 여러분이 받고 싶은 복은 무엇인지 두 가지를 보기 처럼 써 보세요.

> 보기 받아쓰기 시험에서 100점 받게 해 주세요.

대보름날 쥐불놀이 때 쓰던 깡통 도깨비까지 시커먼 얼굴을 실룩이며 자랑을
했어요.

"쥐불놀이는 농사를 잘 짓기 위해 쥐와 해충을 죽이려고 논둑이나 밭둑의 마른
풀을 태우는 거야. 그러니까 이때 불을 붙이는 데 사용되는 내가 최고야."

도깨비들은 저마다 자기 자랑을 하느라고 시끌벅적 야단이었어요. 곁에서 조
용히 듣고 있던 팡이가 눈을 찡긋거리며 말했어요.

"단옷날 봉산 탈춤을 왜 추는지 아세요? 한 해의 풍년을 빌고 나쁜 기운을 물리
치기 위해서예요. 그러니까 저도 최고라고요!"

"호호, 어린 도깨비가 제법이네. 우리가 하는 일도 들어 볼래?"

떡을 찌던 시루 도깨비와 여인들이 길쌈을 할 때 사용하던 베틀 도깨비도 자기
자랑을 한껏 늘어놓았어요.

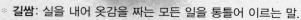

※ **길쌈**: 실을 내어 옷감을 짜는 모든 일을 통틀어 이르는 말.
※ **베틀**: 삼베, 무명, 명주 따위의 옷감을 짜는 틀.

사회 탐구 **1.** 다음 중 대보름날 하는 민속놀이가 <u>아닌</u> 것은 어느 것인가요? (   )

① 쥐불놀이   ② 그네뛰기

③ 오곡밥 먹기   ④ 부럼 깨물기

언어 **2.** 다음은 우리 조상들이 사용하던 도구입니다. 물건의 이름이 무엇인지 이 글에서 찾아 쓰세요.

(1)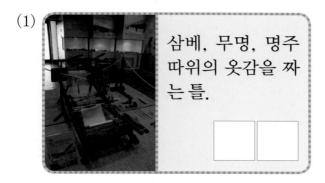
삼베, 무명, 명주 따위의 옷감을 짜는 틀.

(2)
떡이나 쌀 따위를 찌는 데 쓰는 둥근 그릇.

논술 **3.** 여러분도 도깨비들처럼 친구들에게 자기 자랑을 한다면 어떤 자랑을 할지 말풍선에 써 보세요.

어느새 부지깽이 도깨비와 버선 도깨비의 혼례식장은 도깨비들의 자랑으로 들썩들썩했어요. 그러자 조왕할머니 도깨비가 버럭 소리쳤어요.

"집터를 지키는 *터줏대감 할아버지가 깨어나 *불호령을 하기 전에 자랑들은 그만하고 어서 혼례 준비나 마치거라!"

"네. 다들 어서 서두르자."

조왕할머니 도깨비 말에 자기 자랑을 늘어놓던 도깨비들이 얼굴이 하얗게 질려 우왕좌왕 뛰어다니며 혼례 준비를 다시 시작했어요. 터줏대감 할아버지 도깨비가 화를 내면 정말 무섭거든요.

"도깨비들이 마음씨는 착한데 뭐에 정신이 팔리면 시간 가는 줄을 몰라. 팡이는 이곳이 처음이니 모르는 건 물어보고 신나게 놀거라."

"네, 조왕할머니."

팡이는 한쪽 눈을 찡긋해 보이는 조왕할머니 도깨비에게 고개를 끄덕였어요.

※ **터줏대감**: 집터를 지키는 신인 '터주'를 높여 이르는 말.
※ **불호령**: 몹시 심하게 하는 꾸지람.

1. 조왕할머니가 터줏대감 할아버지 이야기를 하자 도깨비들이 모두 우왕좌왕 했습니다. '우왕좌왕'의 뜻과 모습으로 알맞은 것에 ◯표 하세요.

(1)

이리저리 왔다 갔다 하다. (   )

(2)

한 줄로 가지런하게 서다. (   )

 2. 조왕할머니 도깨비는 왜 도깨비들에게 소리쳤을까요? (   )

① 도깨비들이 자야 할 시간이 지났기 때문에
② 터줏대감 할아버지 도깨비가 깨어났기 때문에
③ 팥이가 있던 통나무집으로 돌아가야 했기 때문에
④ 부지깽이 도깨비와 버선 도깨비의 혼례 준비를 마쳐야 했기 때문에

3. 도깨비들이 무서워하는 터줏대감 할아버지 도깨비는 어떤 모습일까요? 얼굴을 그려 보고 어떤 분일지 상상하여 써 보세요.

얼굴 모습

33

혼례가 무사히 끝나자 마당에서는 한바탕 잔치가 벌어졌어요. 물건을 등에 지고 나를 때 쓰는 지게에 깃들어 사는 도깨비와 똥을 담아 나를 때 쓰는 똥장군에 깃들어 사는 도깨비는 덩실덩실 춤을 추었어요. 비 올 때 쓰는 도롱이에 깃들어 사는 도깨비는 나팔을 불고, 밭일할 때 쓰는 쟁기에 깃들어 사는 도깨비는 북을 쳤어요.

팡이도 흥겨워서 덩실덩실 춤을 추다 조왕할머니 도깨비에게 물었어요.

"조왕할머니, 제가 여기에서 살아도 되나요?"

조왕할머니가 빙그레 웃으며 말했어요.

"여기가 좋으냐?"

"네. 모두 착하고 훌륭한 일을 하잖아요."

"그러렴. 우리 민속 박물관에 너처럼 귀여운 도깨비가 있으면 좋지."

팡이는 신이 나서 춤을 추었고, 도깨비들은 팡이를 반가이 맞이했답니다.

※ **똥장군**: 똥을 담아 나르는 도기나 나무로 된 그릇.

1. 팡이가 민속 박물관을 좋아하는 이유를 이 글에서 찾아 쓰세요.

.... 때문입니다.

1주 4일
학습 끝!

붙임 딱지 붙여요

 2. 지게 도깨비, 똥장군 도깨비, 쟁기 도깨비가 깃들어 사는 물건들의 모습과 하는 일을 줄로 이으세요.

(1)  •

• ㉠ 쟁기: 논밭을 가는 데 사용

(2)  •

• ㉡ 지게: 물건을 지고 나를 때 사용

(3)  •

• ㉢ 똥장군: 똥을 담아 나르는 데 사용

 3. 팡이는 민속 박물관에서 살기로 했습니다. 민속 박물관 도깨비들이 팡이에게 어떤 환영의 말을 했을지 상상하여 써 보세요.

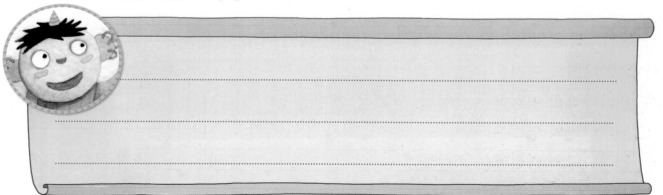

l 이 이야기에 등장하는 도깨비를 모두 찾아 ◯표 하세요.

(1)
(   )

(2)
(   )

(3)
(   )

(4)
(   )

(5)
(   )

(6)
(   )

2 다음 내용과 관련 있는 명절이 무엇인지 보기 에서 찾아 (   ) 안에 쓰세요.

> 보기   설날   대보름날   단옷날   동짓날

(1) 부럼을 깨물며 쥐불놀이를 합니다. (   )

(2) 창포에 머리를 감고 그네뛰기를 합니다. (   )

(3) 정월 초하룻날로 떡국을 해 먹고 세배를 합니다. (   )

(4) 1년 중 낮이 가장 짧고 밤이 가장 긴 날로 팥죽을 쑤어 먹습니다. (   )

3 우리나라 명절에 대한 설명으로 바르지 <u>않은</u> 것은 어느 것인가요? (   )

① 우리나라의 명절은 주로 음력을 기준으로 합니다.

② 우리나라의 명절에는 삼일절, 광복절, 개천절 등이 있습니다.

③ 우리나라의 명절은 먹는 음식, 놀이, 행사 등이 각각 다릅니다.

④ 우리나라의 명절에는 조상들께 감사하고 개인과 가족, 마을 사람들의 건강을 바라는 마음이 담겨 있습니다.

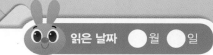

4 다음은 봉산 탈춤에서 노장중이 쓰는 노장탈입니다. 우리 조상들은 왜 이런 모습의 탈을 쓰고 춤을 추었을지 짐작하여 써 보세요.

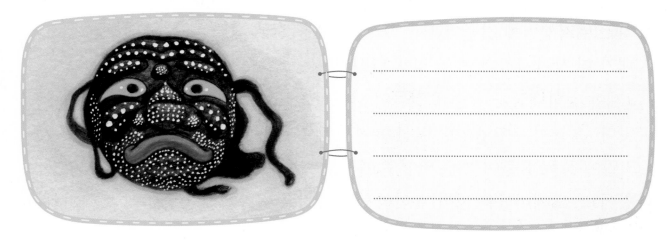

5 다음 그림 속에는 우리나라 민속 박물관의 전시품과 거리가 <u>먼</u> 물건이 다섯 개 숨어 있습니다. 그 물건을 모두 찾아 ◯표 하세요.

궁금해요

우리 조상들이 쓰던 도구들이에요

우리나라 민속 박물관에는 우리 조상들이 사용하던 여러 가지 도구들이 전시되어 있습니다. 각 도구들의 모습과 쓰임새를 알아봐요.

뒤주 곡식을 보관해 두던 도구로 주로 쌀, 콩, 팥 따위의 곡식을 담아 두었습니다. 뒤주는 바람이 잘 통하고 습기에 강해서 곡식이 쉽게 부패하지 않는 장점이 있습니다.

가마솥 밥을 짓거나 물을 끓이는 데 사용하던 도구입니다. 솥의 두께가 두꺼워서 음식이 잘 타지 않습니다. 음식이 쉽게 식지 않고 맛있게 된다는 장점이 있습니다.

복조리 섣달그믐 한밤중부터 정월 초하룻날 아침 사이에 부엌이나 안방 따위의 벽에 걸어 놓고 복을 빌었던 조리입니다. 이날 복조리를 걸어 놓으면 그 해의 복이 다 들어온다고 믿었습니다.

다듬이 옷이나 옷감을 반드럽게 하기 위해 방망이로 두드리는 다듬이질 도구입니다. 다듬잇감을 다듬잇돌에 올려놓고 다듬잇방망이로 두드립니다. 다듬잇방망이는 두 개가 한 쌍이 되도록 나무로 만듭니다.

장독 장류를 담아 두던 독입니다. 보통 가장 큰 것에는 간장을 담아 두었고, 그다음으로 큰 것에는 된장을 담았으며, 작은 것에는 고추장을 담았습니다.

절구 옛날에 곡식을 찧거나 빻을 때 사용하던 도구입니다. 통나무나 돌 따위를 속이 우묵하게 만들어 곡식을 넣고 절굿공이로 빻거나 찧었습니다.

맷돌 쌀, 보리, 콩, 수수, 밀, 옥수수 따위를 가는 데 쓰던 도구입니다. 둥글넓적한 돌 두 짝을 포개고 윗돌 아가리(구멍)에 갈 곡식을 넣으면서 손잡이를 돌려서 갑니다.

시루 떡이나 쌀 따위를 찌는 데 쓰던 질그릇입니다. 바닥에 구멍이 여러 개 뚫려 있어 시루 안의 재료가 빠지지 않도록 칡덩굴 등으로 시루 바닥을 깔았습니다.

✎ 우리 조상들이 떡을 만들 때 쓰던 도구를 두 개 찾아 ○표 하세요.

| 절구 | 장독 | 다듬이 | 복조리 | 시루 |

내가 할래요

박물관 탐험 일지를 써 봐요

우리 주변에는 여러 박물관이 있습니다. 여러분이 가고 싶은 박물관이나 가 보았던 박물관에 대해 탐험 일지를 써 보세요.

박물관 탐험 일지

▲ 국립 어린이 민속 박물관이 있는 국립 민속 박물관

- 박물관 이름: 국립 어린이 민속 박물관

- 조사한 사람: 고현우

- 조사한 날짜: 20○○년 ○○월 ○○일

- 박물관에 가면 보고 싶은 것: '개와 고양이와 구슬'이라는 전시를 보면서 우리나라 전통 물건들과 동화 속에서 개와 고양이가 어떻게 지혜를 발휘하는지 보고 싶습니다.

- 새롭게 알게 된 사실: 개와 고양이가 구슬을 옮기려고 헤엄치는 것을 보면서, 개가 헤엄을 친다는 사실을 처음 알았습니다. 그리고 비가 올 때 어깨에 걸쳐 둘러 입는 '도롱이'라는 것도 알게 되었습니다. 짚으로 만들어 비를 막아 주기 힘들 것 같은데, 우리 조상들은 이 물건을 매우 잘 썼다고 합니다. 그리고 용왕님을 만나러 가는 길은 매우 신비로워서 살짝 설레었습니다.

1주
학습 끝!

확인할 내용	잘함	보통임	부족함
1. 이번 주 학습을 5일(월요일~금요일) 안에 끝마쳤나요?			
2. 민속 박물관에 대해 잘 이해했나요?			
3. 우리 조상들이 쓰던 도구를 말할 수 있나요?			
4. 박물관 탐험 일지를 쓸 수 있나요?			

박물관 탐험 일지

- 박물관 이름: ....

- 조사한 사람: ....

- 조사한 날짜: ....

- 박물관에 가면 보고 싶은 것: ....

....

- 새롭게 알게 된 사실: ....

....

....

....

....

....

1주 5일
학습 끝!

붙임 딱지 붙여요.

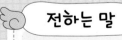

전하는 말

2주

재미있는 세계 이야기 박물관

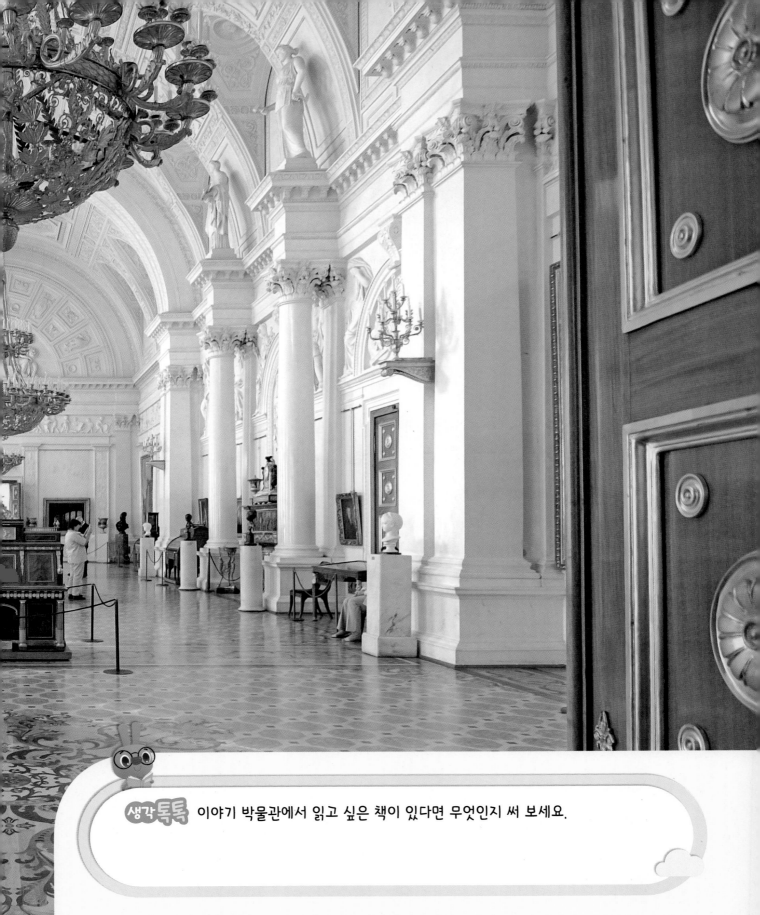

생각톡톡 이야기 박물관에서 읽고 싶은 책이 있다면 무엇인지 써 보세요.

관련교과 [국어 3-2] 인물의 말과 행동 생각하며 읽기 / [사회 4-1] 지역을 대표하는 문화유산 알기
[통합교과 겨울2] 다른 나라에 관심 갖기

재미있는 세계 이야기 박물관

안녕하세요? 이야기 박물관에 오신 여러분을 환영합니다.

세계 여러 나라에는 수많은 옛이야기가 전해 내려오고 있어요. 그래서 옛이야기를 읽다 보면 자연스레 그 나라의 전통과 문화를 느낄 수 있지요.

세계를 여행하는 것처럼 여러 나라의 옛이야기를 읽고 싶다고요? 걱정하지 마세요. 이야기 박물관에서는 전 세계 이야기를 많이 만날 수 있어요.

먼저 잘사는 형과 가난한 동생이 외눈박이 도깨비를 만난 러시아 이야기를 만나 봐요. 그리고 세상에서 가장 훌륭한 신랑감을 찾아 나선 미얀마의 생쥐 부부 이야기도 있어요. 이 이야기뿐만 아니라 비록 날지 못하게 되었지만 뉴질랜드에서 가장 사랑받는 새가 된 키위 이야기도 있답니다.

어린이 여러분, 각 나라의 이야기 속으로 떠날 준비가 되었나요?

1. 세계 여러 나라 이야기를 읽으면 무엇을 알 수 있나요? (   )

① 여러 나라 박물관 모습을 알 수 있습니다.

② 우리나라 사람들의 생활을 알 수 있습니다.

③ 우리나라 사람들의 성격을 알 수 있습니다.

④ 여러 나라 사람들의 생활 모습을 알 수 있습니다.

 2. ㉠~㉣ 중 러시아와 뉴질랜드에 각각 ◯표 하세요.

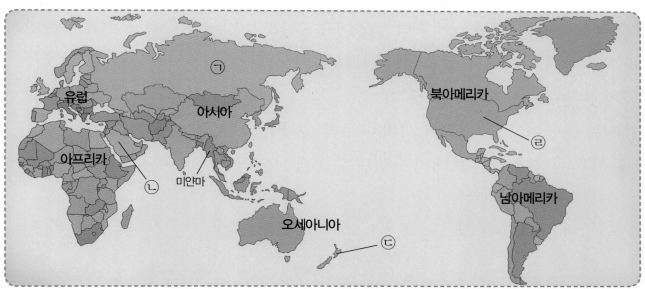

 3. 세계 이야기 박물관에 우리나라 이야기책을 전시하고 싶다면 어떤 책을, 왜 전시하고 싶은지 그 까닭을 써 보세요.

· 전시하고 싶은 책 :

· 전시하고 싶은 까닭 :

외눈박이 도깨비

러시아의 한 마을에 잘사는 형과 가난한 동생이 살았어요.

음식이 떨어져 며칠째 굶던 동생은 어느 날 가족을 위해 형을 찾아갔어요.

"형님, 집에 먹을 게 떨어져서 그러니 먹을 것 좀 주세요."

"아무 노력 없이 줄 수는 없으니 일주일 동안 우리 집에서 일을 하거라."

동생은 형의 집에서 쉬지 않고 일을 했어요. 하지만 일주일이 지나자, 형은 밀가루를 아주 조금만 주고 동생을 내쫓았어요.

'이걸로는 우리 가족 하루치 식량도 안 되는데……'

동생은 한숨을 쉬며 터벅터벅 걸었어요. 그때, 어디선가 발자국 소리가 들리더니 외눈박이 도깨비가 동생 앞에 나타났어요.

"헉, 너는 누구냐?"

"저는 불행이라고 해요. 아저씨가 무척 슬퍼 보여서 따라왔어요."

눈이 하나밖에 없는 도깨비도 어딘지 슬퍼 보였어요.

1. 형에게 아주 적은 양의 밀가루를 받고 내쫓긴 동생은 어떤 마음이 들었을까요? (   )

① 슬프고 서운한 마음   ② 설레고 신나는 마음

③ 행복하고 즐거운 마음   ④ 자랑스럽고 뿌듯한 마음

 2. 동생은 형에게 밀가루를 받았습니다. 밀가루의 성질로 알맞지 <u>않은</u> 것은 어느 것인가요? (   )

① 밀가루는 고체입니다.

② 밀가루는 물에 녹습니다.

③ 밀가루는 밀을 빻아 만든 가루입니다.

④ 찬물에 밀가루를 조금 넣고 저으면 물이 뿌옇게 됩니다.

 3. 열심히 일한 동생에게 먹을 것을 조금만 주고 내쫓은 형에게 어떤 충고를 하면 좋을지 써 보세요.

"아저씨, 저랑 같이 놀아요. 그러면 아저씨 슬픔이 사라질 거예요."

그날 이후로 동생은 불행이의 꾐에 빠져 놀기만 했어요. 그러는 동안 동생네 집은 더욱 가난해지고 가족들은 굶기 일쑤였지요. 그제야 동생은 후회했지만 불행이는 동생 곁에서 떠나지 않고 계속 놀자고 졸랐어요.

어느 날 밤, 동생은 불행이가 다른 도깨비와 하는 말을 엿들었어요.

"사람들을 불행의 구덩이로 밀어 넣는 게 우리 일인 걸 잊었어? 내가 구덩이 주변에 금화를 뿌려 놓을 테니 동생이 금화를 주울 때 구덩이 속으로 밀어."

그날부터 불행이는 동생에게 구덩이 속으로 놀러 가자고 졸랐어요. 그러자 동생은 꾀를 내어 구덩이 속으로 들어가는 척하다 말했어요.

"불행아, 나 무서워! 네가 먼저 구덩이 속으로 들어갈래?"

그 말에 불행이가 먼저 구덩이로 들어가자 동생은 얼른 구덩이의 구멍을 막은 뒤 금화를 챙겨 집으로 돌아왔어요.

일쑤: 흔히 또는 으레 그러는 일.

언어 1. 불행이에 대한 동생의 마음이 점차 어떻게 달라졌나요? 보기 에서 동생의 마음에 맞는 낱말을 각각 두 개씩 찾아서 쓰세요.

보기   미움   즐거움   반가움   원망스러움

처음 불행이와 함께 놀 때	불행이 때문에 힘들어졌을 때
	→

2주 1일 학습 끝!

붙임 딱지 붙여요

사회탐구 금화와 같은 화폐가 나오기 전에는 물건을 화폐처럼 사용했습니다. 다음 중 옛날에 화폐처럼 사용했던 물건 두 가지에 ◯표 하세요.

(1) 꽃 (   )   (2) 책 (   )   (3) 소금 (   )   (4) 조개껍데기 (   )

논술 3. 동생은 불행이가 구덩이 속으로 들어가자고 하자 꾀를 냈습니다. 불행이가 만약 여러분에게 구덩이 속으로 들어가자고 한다면 여러분은 어떤 꾀를 낼지 써 보세요.

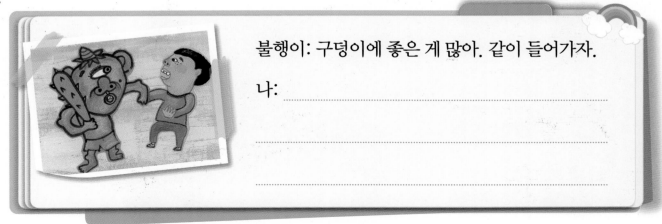

불행이: 구덩이에 좋은 게 많아. 같이 들어가자.

나:

형은 동생이 외눈박이 도깨비 때문에 부자가 되었다는 소식을 들었어요. 그래서 형은 더 큰 부자가 되려고 불행이를 구덩이에서 꺼내 주었어요.

이번에도 불행이는 형과 매일매일 먹고 놀면서 재산을 축냈어요.

"불행이를 꺼내 주는 게 아니었는데, 내가 실수했구나."

잘못을 깨달은 형이 불행이를 피해 다녔지만 불행이는 떠나지 않았어요.

형은 어쩔 수 없이 동생을 찾아가 도와달라고 했어요. 동생은 형에게 불행이를 맷돌구멍 속으로 들어가게 하라고 일러 주었어요.

"불행아, 너는 맷돌구멍처럼 작은 곳에는 못 들어가지?"

"에이, 저는 못하는 게 없답니다. 한번 보실래요?"

형의 꾐에 속은 불행이가 보란 듯이 맷돌구멍 속으로 스르르 들어갔어요. 그러자 숨어 있던 동생이 나와서 재빨리 맷돌구멍을 참나무 마개로 막았어요.

그 뒤 불행이는 다시 나타나지 않았고 형과 동생은 행복하게 살았답니다.

※ **축내다**: 일정한 수나 양에서 모자람이 생기게 하다.

1. 다음은 어떤 도구에 대한 설명인지 이 글에서 찾아 이름을 쓰세요.

• 밀이나 콩 등 곡물을 갈 때 사용합니다.
• 큰 돌 두 개와 나무 손잡이로 이루어져 있습니다.

2. 동생은 맷돌구멍을 참나무 마개로 막았습니다. 참나무 마개는 참나무의 어느 부분을 이용해서 만들까요? (   )

① 잎   ② 꽃   ③ 열매   ④ 줄기

▲ 참나무

3. 형과 동생은 힘을 합쳐 불행이를 떼어 냈습니다. 만약 여러분이 어려운 일을 당한다면 어떻게 문제를 해결할지 써 보세요.

처녀 쥐의 신랑감 찾기

옛날, 미얀마의 어느 마을에 아름다운 처녀 쥐가 살았어요.

처녀 쥐는 검은 눈동자에 고운 털, 날렵한 수염까지 있어서 동네에서 아름답다고 소문이 났지요. 마음씨도 무척 고왔어요.

마을의 총각 쥐들은 너도나도 아름다운 처녀 쥐와 결혼하기 위해 매일같이 처녀 쥐의 집을 찾아와서 부모님께 애원했어요. 하지만 처녀 쥐의 엄마와 아빠는 예쁘고 고운 딸을 아무에게나 시집보내고 싶지 않았어요.

"우리 딸은 세상에서 가장 훌륭한 신랑감과 결혼해야 해."

"맞아요! 여보, 아무래도 우리가 직접 신랑감을 찾아봐야겠어요."

엄마와 아빠는 딸의 신랑감을 찾으러 머나먼 여행을 떠났어요.

"여보, 힘들더라도 조금만 참아요. 이제 곧 신랑감을 찾을 거예요."

엄마와 아빠는 서로를 다독이며 산을 넘고 강을 건너서 딸에게 어울릴 최고의 신랑감을 찾아다녔어요.

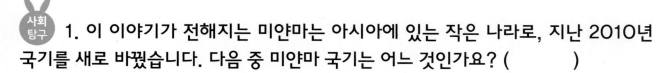 1. 이 이야기가 전해지는 미얀마는 아시아에 있는 작은 나라로, 지난 2010년 국기를 새로 바꿨습니다. 다음 중 미얀마 국기는 어느 것인가요? (   )

 ①    ②    ③    ④

 2. 검은 눈동자에 고운 털, 날렵한 수염을 가진 처녀 쥐의 모습을 가장 알맞게 표현한 낱말은 어느 것인가요? (   )

① 더러움   ② 순수함   ③ 외로움   ④ 아름다움

3. 처녀 쥐의 엄마와 아빠는 왜 마을의 총각 쥐들을 신랑감으로 생각하지 않았는지 써 보세요.

쥐 부부는 햇볕이 쨍쨍 내리쬐는 어느 오후에 가장 먼저 해님을 찾아갔어요.

"해님처럼 훌륭한 분이 내 딸의 신랑이 되어 주시면 안 될까요?"

해님은 활짝 웃더니 이내 걱정스러운 표정을 지었지요.

"먼 길을 오셨는데 미안해요. 저보다는 구름님이 더 강해요. 구름님이 다가오면 제 얼굴은 금세 가려지거든요."

"그래요? 그렇다면 구름님을 찾아가야겠군요."

쥐 부부는 다시 험한 산과 골짜기를 넘어 구름을 찾아갔어요.

"세상에서 가장 훌륭한 구름님, 제 예쁜 딸의 신랑이 되어 주세요."

그러나 구름 역시 난처하다는 표정을 지으며 조심스레 말을 꺼냈어요.

"이를 어쩌나. 사실 나는 바람님이 오면 멀찌감치 쫓겨나요."

쥐 부부는 무척 실망했지만 딸에게 가장 훌륭한 신랑감을 찾아 주겠다는 마음에 다시 바람을 찾아 길을 떠났어요.

언어 1. 딸에 대한 쥐 부부의 마음으로 알맞지 <u>않은</u> 것은 무엇인가요? (   )

① 딸을 사랑합니다.

② 딸을 멀리 시집보내고 싶습니다.

③ 딸이 행복하게 살았으면 합니다.

④ 딸에게 좋은 신랑감을 찾아 주고 싶습니다.

언어 2. 밑줄 친 말을 보기 처럼 상대방에게 자기를 낮출 때 쓰는 말로 바꾸어 빈칸에 쓰세요.

2주 2일 학습 끝!

붙임 딱지 붙여요.

보기

"해님처럼 훌륭한 분이 내 딸의 신랑이 되어 주시면 안 될까요?"

→

"해님처럼 훌륭한 분이 | 제 | 딸의 신랑이 되어 주시면 안 될까요?"

"사실 <u>나</u>는 바람님이 오면 멀찌감치 쫓겨나요."

→

"사실 | | 는 바람님이 오면 멀찌감치 쫓겨나요."

논술 3. 쥐 부부는 가장 훌륭한 신랑감을 찾아 나섰습니다. 여러분이 처녀 쥐의 부모라면 신랑감으로 누구를 찾아갈지 보기 처럼 그 이유와 함께 써 보세요.

보기

눈: 온 세상을 하얗게 덮어서 아름답게 만들기 때문입니다.

55

높은 산과 울창한 숲을 돌아, 마침내 쥐 부부는 바람을 만났어요.

"위대한 바람님, 저희 딸의 신랑이 되어 주십시오."

하지만 바람도 해와 구름처럼 고개를 저었어요.

"저보다는 저 언덕 위의 소나무가 더 위대해요. 100년 동안이나 강한 바람을 불어 댔는데도 여전히 끄떡없거든요."

여기저기 돌아다니느라 지칠 대로 지친 쥐 부부는 언덕을 힘겹게 올랐어요.

언덕 위의 소나무는 아주 크고 잎도 무성했어요. 하지만 소나무 역시 쥐 부부의 부탁을 거절했어요.

"나보다는 저 황소가 힘이 세다오. 아무리 강한 나무라 해도 황소 뿔에 받히면 당해 낼 수가 없거든요."

쥐 부부는 풀을 뜯고 있는 황소에게 다가갔어요. 이번에는 제발 황소가 부탁을 들어주기만을 간절히 바랐지요.

언어

1. 다음은 동물이 들어가는 속담입니다. (　　　) 안에 '쥐'가 들어가는 속담은 어느 것인가요? (　　　　)

① (　　　) 대신 닭　　　　　　② (　　　)도 나무에서 떨어진다.

③ (　　　)도 밟으면 꿈틀한다.　　④ (　　　)구멍에도 볕 들 날 있다.

과학 탐구

2. 쥐 부부는 소나무도 찾아갔습니다. 다음 중 소나무잎은 무엇인가요?

(　　　　)

① 　　② 　　③ 　　④

논술

3. 처녀 쥐처럼 부모가 신랑감을 골라 주는 것에 대해 여러분은 어떻게 생각하나요? 둘 중 하나를 선택하고 그 까닭을 써 보세요.

찬성해요	반대해요

57

"황소님, 강한 뿔을 가진 황소님. 제 딸과 결혼해 주세요."

그러자 황소는 고개를 떨구며 슬픈 목소리로 말했어요.

"강한 뿔이 있으면 뭐합니까? 목에 걸린 밧줄 하나 끊지 못하는걸요. 밧줄이
저보다 훨씬 강하답니다."

그러자 쥐 부부와 황소의 대화를 듣고 있던 새가 서둘러 말했어요.

"모르는 소리! 아무리 강한 밧줄도 총각 쥐가 이빨로 갉으면 끊어져요."

"총각 쥐라고요? 우리가 지금까지 그걸 몰랐군요."

쥐 부부는 마침내 세상에서 가장 훌륭한 신랑감을 찾아냈어요. 그건 바로 마을
의 총각 쥐였지요.

마을로 돌아온 쥐 부부는 마을에서 가장 용감하고 지혜로운 총각 쥐를 골라 처
녀 쥐와 결혼을 시켰답니다.

"결혼 축하해! 행복하게 살거라."

사회 탐구 1. 처녀 쥐는 총각 쥐와 결혼을 했습니다. 다음 중 결혼식에 어울리는 옷차림은 무엇인가요? (   )

①    ②    ③    ④

 수리 탐구 2. 쥐 부부가 찾아간 신랑감을 순서대로 늘어놓을 때 (   ) 안에 들어갈 신랑감을 이 글에서 찾아 쓰세요.

> 해 – 구름 – 바람 – 소나무 – (   ) – (   )

논술 3. 여러분이 만약 처녀 쥐라면 다음 일곱 명의 신랑감 중 누구를 고를까요? 신랑감 한 명과 그 신랑감을 고른 까닭을 써 보세요.

> 해, 구름, 바람, 소나무, 황소, 밧줄, 총각 쥐

날지 못하는 새, 키위

　이 이야기는 새와 나무가 한데 어울려 이야기하고, 신들이 하늘과 땅을 다스리던 멀고 먼 옛이야기로 뉴질랜드에서 전해 내려왔어요.

　나무의 여신과 새들의 신은 누나와 동생 사이였어요. 하루는 나무를 다스리는 여신이 땅으로 산책을 나갔어요.

　"오늘은 나뭇잎을 살랑거리며 꽃과 열매를 맺는 나무들을 보러 가야지."

　기쁜 마음으로 땅으로 내려갔던 누나는 얼마 뒤 울면서 하늘로 돌아왔어요.

　"흑흑. 동생아, 네가 다스리는 새들 좀 불러다오."

　"누나, 무슨 일이에요? 왜 그리 슬피 우세요?"

　새들의 신인 동생은 나무의 여신인 누나가 울자 깜짝 놀랐어요.

　"벌레들 때문에 내 나무들이 아프단다. 벌레들이 나무들을 모두 갉아 먹었지 뭐니. 새들 가운데 한 마리에게 벌레를 잡아먹게 해야 할 것 같아."

　누나의 말을 들은 동생은 곧바로 새들을 불러 모았어요.

사회 탐구 1. 이 글에 나오는 뉴질랜드에 대해 바르게 말한 것은 무엇인가요? (   )

① 유럽에 있는 나라입니다.

② 아시아에 있는 섬나라입니다.

③ 우리나라 옆에 있는 나라입니다.

④ 오세아니아 대륙에 있는 섬나라입니다.

과학 탐구 2. 나무를 다스리는 여신은 꽃과 열매를 맺는 나무를 보러 갔습니다. 다음 사진 속 꽃이 피는 계절은 각각 언제인지 (   ) 안에 쓰세요.

(1)

개나리꽃 (   )

(2)

무궁화꽃 (   )

 논술 3. 땅으로 산책을 나갔던 나무의 여신이 울면서 돌아온 까닭을 써 보세요.

61

"사랑하는 새들아, 땅에 사는 벌레들이 누나의 나무를 갉아 먹어 나무가 많이 상했다는구나. 너희 중 누가 땅으로 내려가 살면서 나무를 갉아 먹는 벌레들을 잡아 주면 좋겠구나!"

동생이 부드럽게 말했지만 새들은 서로 눈치만 살필 뿐 아무도 나서지 않았어요. 동생은 기다리다 못해 비둘기에게 물었어요.

"비둘기야, 네가 땅으로 내려가서 벌레를 잡아 주면 어떻겠니?"

"싫어요! 땅에는 무서운 게 너무 많아요."

비둘기는 동생의 부탁을 거절했어요. 동생은 다시 쇠물닭에게 물었어요.

"음, 땅은 축축해서 싫어요. 도와주지 못해 죄송해요, 여신님."

동생이 뻐꾸기에게도 물었지만, 뻐꾸기 역시 둥지를 틀어야 해서 바쁘다며 고개를 돌렸어요.

새들의 거절에 누나와 동생의 표정은 점점 어두워졌어요.

1. 이 글에 등장하는 새가 <u>아닌</u> 것은 어느 것인가요? (   )

①
제비

②
비둘기

③
쇠물닭

④
뻐꾸기

 2. 누나의 부탁으로 새들을 불러 모은 동생의 성격은 어떠한가요? (   )

① 겁이 많습니다.
② 욕심이 많습니다.
③ 자존심이 강합니다.
④ 어려운 처지에 있는 사람을 잘 도와줍니다.

 3. 만약 뻐꾸기가 땅으로 내려간다고 했다면 동생은 어떻게 대답했을지 써 보세요.

누나는 새들의 얘기를 듣고 눈물을 펑펑 쏟으며 말했어요.

"너희 모두가 안 간다면 나무들은 모두 병들어 죽고 말 거야. 그렇게 되면 너희 들도 쉴 곳을 잃게 되는데 그래도 괜찮겠니?"

누나의 말에도 새들은 여전히 꿈쩍하지 않았어요. 누나의 모습이 안쓰러운 동생은 키위에게 다시 간절하게 부탁했어요.

"키위야, 혹시 네가 땅으로 내려갈 수 있겠니?"

그러자 키위가 한참을 고민하다 결심한 듯 대답했어요.

"친구들이 모두 안 간다면 할 수 없죠. 제가 내려갈게요."

하지만 키위 마음은 슬픔으로 가득 찼어요.

'땅에서 벌레만 잡다 보면, 내 다리는 굵고 단단해질 거야. 날개는 작아져서 볼 품없어질 테고, 내 부리는 길쭉하게 변하겠지?'

키위의 마음을 눈치챘는지 동생은 키위를 부드럽게 쓰다듬어 주었어요.

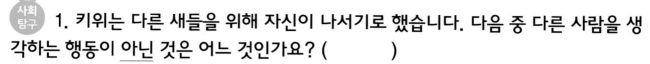

🐰 사회 탐구 1. 키위는 다른 새들을 위해 자신이 나서기로 했습니다. 다음 중 다른 사람을 생각하는 행동이 <u>아닌</u> 것은 어느 것인가요? (   )

① 넘어진 친구를 보건실로 데려다주었습니다.

② 다리를 다친 친구의 가방을 들어 주었습니다.

③ 우산을 가져오지 않은 친구와 우산을 같이 썼습니다.

④ 점심을 굶은 친구와 떡볶이를 똑같이 나누어 먹었습니다.

🐰 과학 탐구 2. 땅으로 내려간 키위의 현재 모습은 오른쪽 사진과 같습니다. ①~④의 각 부분에 해당하는 것을 ㉠~㉣에서 찾아 (   ) 안에 그 기호를 각각 쓰세요.

㉠    ㉡

㉢    ㉣

① (   ) ② (   )
③ (   ) ④ (   )

🐰 논술 3. 키위까지 동생의 부탁을 들어주지 않았다면 누나가 새들을 설득하기 위해 어떤 제안을 했을지 보기 와 같이 써 보세요.

보기 벌레를 잡기 위해 땅으로 내려가는 새의 소원을 세 가지 들어주겠어요.

그러고는 동생이 화난 목소리로 다른 새들을 쳐다보며 말했어요.

"비둘기야, 너는 무서운 게 많으니, 겁쟁이라는 표시로 목에 하얀 깃털을 달아 주마. 앞으로 모든 새가 네가 겁쟁이라는 걸 알게 될 거야. 쇠물닭, 너는 축축한 땅에서 살게 해 주마. 뻐꾸기, 너는 둥지를 틀어야 해서 남을 도울 시간이 없으니 앞으로는 다른 새의 둥지를 빌려 알을 낳게 해 주마."

동생의 말을 들은 새들은 뒤늦게 후회하며 눈물을 흘렸어요.

동생은 키위를 보며 다정하게 말했어요.

"키위야, 너는 나무를 위해 기꺼이 너의 아름다움을 포기했으니 앞으로 이 나라에서 가장 사랑받는 새가 되게 해 주마."

키위는 땅으로 내려가 벌레를 잡아먹으며 나무들을 지켜 주었어요. 키위 덕분에 나무들도 다시 건강해졌지요.

그 뒤 키위는 뉴질랜드 사람들이 가장 사랑하는 새가 되었답니다.

언어 1. '키위'에는 먹는 열매를 의미하는 낱말도 있고, 새의 한 종류를 의미하는 낱말도 있습니다. 이처럼 소리는 같지만 뜻이 다른 낱말을 두 개 더 찾아서 **보기** 처럼 써 보세요.

보기 먹는 밤 – 캄캄한 밤

-
-

과학탐구 2. 이 글에 나오는 키위는 날지 못하는 새입니다. 다음 중 잘 날지 못하는 새는 어느 것인가요? (   )

①
닭

②
제비

③
비둘기

④
기러기

논술 3. 뉴질랜드에서는 우표와 동전에 나라를 상징하는 동물로 키위를 넣었습니다. 우리나라 500원짜리 동전에는 어떤 것을 넣었는지 그려 보고, 그것을 왜 넣었을지 써 보세요.

67

'재미있는 세계 이야기 박물관'을 잘 읽었나요? 다음은 이 글에 등장한 이야기로 꾸민 박물관입니다. 내용을 생각하며, 빈칸에 알맞은 글을 써 보세요.

러시아관
외눈박이 도깨비

1 이 이야기에 등장하는 인물들은 누구누구인가요?

2 동생이 불행이를 떼어 내려고 한 일은 무엇인가요?

3 불행이는 결국 어떻게 되었나요?

미얀마관
처녀 쥐의 신랑감 찾기

뉴질랜드관
날지 못하는 새, 키위

4 누나가 울면서 동생에게 부탁한 것은 무엇인가요?

....

5 동생이 벌레를 잡아 달라고 부탁한 새들은 누구인가요?

....

6 누가 동생의 부탁을 들어주었나요?

....

7 동생은 키위에게 어떤 보답을 했나요?

....

8 처녀 쥐의 부모님이 마을을 떠나 처녀 쥐의 신랑감으로 찾아간 것들은 무엇인가요?

....

9 처녀 쥐는 결국 누구와 결혼을 했나요?

....

궁금해요

세계의 문화를 알아봐요

세상에는 아주 많은 나라들이 있어요. 독특한 문화와 이야기들을 간직하고 있는 세계 여러 나라들을 만나러 떠나 볼까요?

세계 문화 여행을 떠나 볼까요?

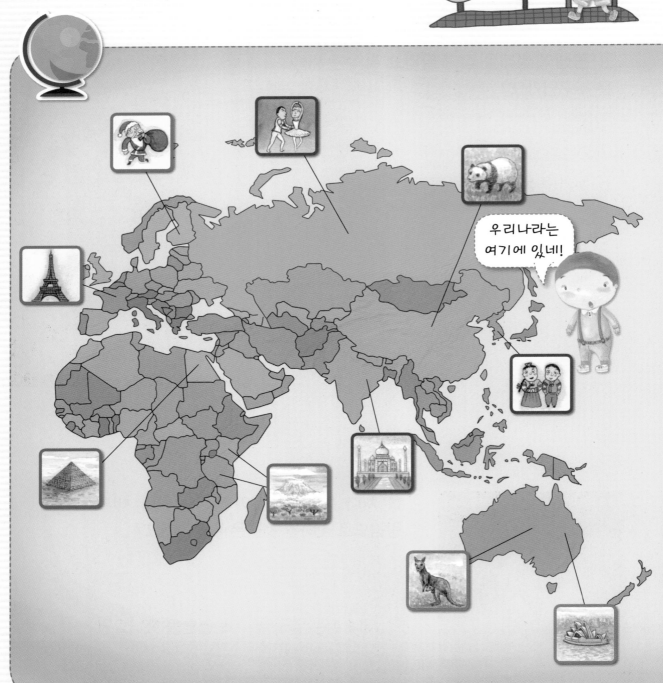

알아 두기

지구에는 무려 200개가 넘는 나라들이 있어요. 이 나라들은 대륙별로 아시아, 유럽, 아프리카, 북아메리카, 남아메리카, 오세아니아로 나눠요. 그중 우리나라는 아시아에 속한답니다.

유럽
아시아
아프리카
오세아니아
북아메리카
남아메리카

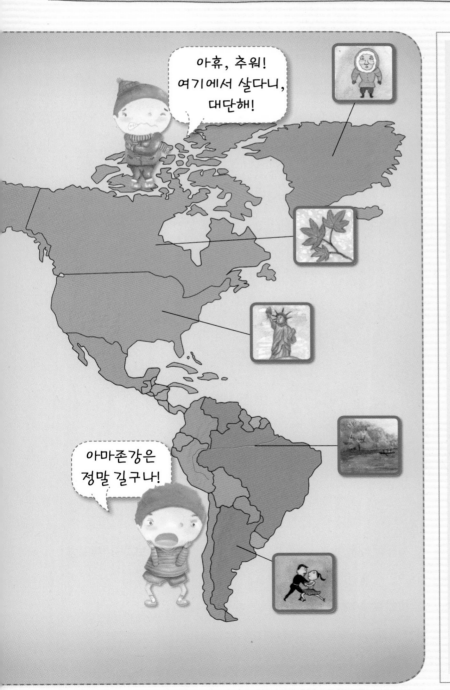

아휴, 추워!
여기에서 살다니,
대단해!

아마존강은
정말 길구나!

다음 나라를
찾아 지도에 번호를
써 보세요.

유럽
⑴ 핀란드의 산타클로스
⑵ 프랑스의 에펠 탑

아시아
⑶ 중국의 대표적인 동물 대왕판다
⑷ 한국의 전통 의상 한복

아프리카
⑸ 이집트의 자랑 피라미드
⑹ 탄자니아(㉠)와 케냐(㉡)의 국경에 있는 화산 킬리만자로산

오세아니아
⑺ 오스트레일리아의 대표적인 건축물 오페라 하우스

아메리카
⑻ 그린란드의 에스키모
⑼ 미국의 상징 자유의 여신상
⑽ 페루(㉢)와 브라질(㉣)을 지나며 세계에서 두 번째로 긴 아마존강

71

내가 할래요

| 다른 그림을 찾아봐요

처녀 쥐와 총각 쥐가 결혼식을 올립니다. 두 그림을 비교하여 그림 ①과 다른 곳을 그림 ②에서
다섯 군데 찾아 ◯표 하세요.

①

②

2주
학습 끝!

확인할 내용	잘함	보통임	부족함
1. 이번 주 학습을 5일(월요일~금요일) 안에 끝마쳤나요?			
2. 여러 나라의 문화를 잘 이해했나요?			
3. 등장인물에게 어떤 일이 생겼는지 말할 수 있나요?			
4. 여러 나라의 특징을 말할 수 있나요?			

2 지구에서 사라지면 좋겠어요

불행이처럼 맷돌구멍 속으로 들어가야 할 것을 여러분 주변에서 세 가지를 찾아 보기 처럼 써 보세요.

보기 공기를 오염시키는 물질, 싸움, 미움

3 나도 미술가예요

세상에서 가장 불행해 보이는 불행이의 얼굴을 그려 보세요.

2주 5일
학습 끝!

붙임 딱지 붙여요

전하는 말

3주

과학관으로
놀러 오세요

생각톡톡 과학관에는 어떤 것들이 전시되어 있을지 써 보세요.

01 과학관 나들이를 시작하며

3주

여러 박물관 중에서 과학에 관한 자료와 물품을 갖추어 사람들이 관람하고 탐구 정신을 기를 수 있도록 하는 곳을 '과학관'이라고 해요.

과학관이라고 하니 왠지 들어가기도 전에 어려울 것 같다고요? 하지만 이번에 소개할 과학관은 놀이터나 영화관처럼 어린이들이 좋아하고 즐길 수 있도록 꾸며져 있으니 걱정할 필요 없어요.

이 과학관은 다양한 체험을 통해 우주, 원자력, 미래 에너지 등 어렵고 멀게만 느껴졌던 과학 원리를 한눈에 알아볼 수 있는 전시물로 꾸며져 있거든요.

여러 가지 실험을 직접 할 수 있고, 교육도 받을 수 있는 프로그램이 많이 준비되어 있어요. 어린이들이 참여할 수 있는 특별하고 재미있는 과학 행사가 수시로 있으니 과학관에 가기 전에 인터넷이나 과학관에 전화를 해서 미리 조사하고 가면 과학관을 더 재미있게 이용할 수 있어요.

※ **에너지**: 물체를 움직이게 하는 힘.

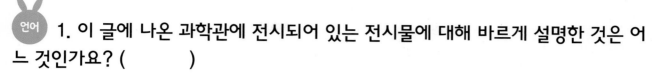

1. 이 글에 나온 과학관에 전시되어 있는 전시물에 대해 바르게 설명한 것은 어느 것인가요? (   )

① 어린이들이 좋아하는 애니메이션 전시물입니다.
② 과학 원리를 한눈에 알아볼 수 있는 전시물입니다.
③ 어린이들이 좋아하는 교육에 관련된 전시물입니다.
④ 미끄럼틀, 시소, 그네 등의 놀이 기구 전시물입니다.

2. 여러 사람이 이용하는 과학관에서 지켜야 할 태도로 바르지 못한 것은 어느 것인가요? (   )

① 과학관 안에서 뛰어다니지 않습니다.
② 과학관에 전시된 물건들을 소중히 다룹니다.
③ 과학관을 돌아다니며 음식물을 먹지 않습니다.
④ 과학관 안에서 친구와 시끄럽게 떠들며 놉니다.

▲ 과학관 안

3. 글쓴이는 과학관을 구경하기도 전에 어려울 것 같다고 생각하는 어린이들에게 왜 걱정하지 말라고 했는지 써 보세요.

77

이 과학관에는 항상 같은 전시물을 볼 수 있는 '상설 전시관'과 특별한 주제와 관련 있는 전시물을 정해진 기간 동안만 전시하는 '특별 전시관'이 있어요. 그 중 상설 전시관에는 다양한 과학 주제로 나뉜 전시관과 어린이들이 재미있게 체험하고 탐구할 수 있는 전시관이 있어요.

우선 감각 기관의 반응을 체험할 수 있는 전시관이 있어요. 어린이들이 직접 눈, 코, 입, 귀가 여러 자극에 반응하는 속도를 알아보는 등 다양한 원리들을 체험해 볼 수 있지요.

또 전기와 소리 등 우리 생활과 밀접한 생활 과학을 체험하는 전시관도 있어요. 자전거 페달을 밟으면 전기가 만들어지고, 피아노 건반을 발로 밟아 음악을 연주하면서 전기와 소리가 어떤 즐거움을 주는지 알게 될 거예요.

이 밖에도 우주 전시관, 원자력 전시관, 우리 집에 숨어 있는 과학의 원리를 알아보는 전시관, 미래 에너지관 등이 있어요. 이 네 전시관에 대해 자세히 알아봐요.

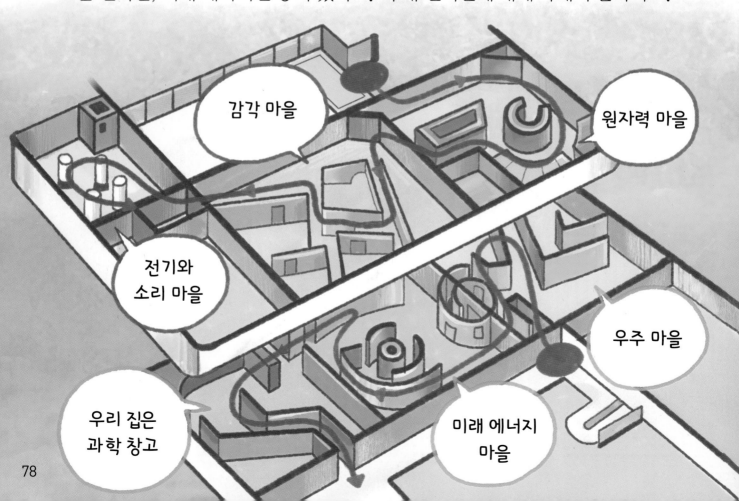

1. 다음 중 우리 생활에서 소리를 이용하는 활동이 <u>아닌</u> 것은 무엇인가요?

( )

①

노래 부르기

②

피아노 연주하기

③

그림 그리기

 2. 다음 중 이 과학관에 대해 <u>잘못</u> 이해한 친구는 누구인가요? ( )

① 상설 전시관과 특별 전시관이 있네.

② 소리에 대해 알 수 있는 전시물은 여기에 없네.

③ 감각 기관의 반응을 체험할 수 있는 전시물도 있어.

④ 전기가 만들어지는 것을 직접 체험하는 전시관도 있어.

 3. 어느 날 갑자기 우리가 사는 세상에서 전기가 없어진다면 어떤 일이 벌어질지 보기 처럼 써 보세요.

보기 엘리베이터는 전기가 있어야 움직일 수 있습니다. 따라서 우리 아파트에 있는 엘리베이터가 움직이지 않아서 사람들이 걸어 다닐 것입니다.

우주 전시관

　우주 전시관은 우주를 4D로 체험할 수 있고, 우주와 관련이 있는 물건을 볼 수 있는 전시관이에요.

　4D로 우주를 체험하는 곳에서는 입체 영상을 볼 수 있는 안경을 낀 채 몸이 이리저리 흔들리는 의자에 앉아서 우주에 관한 영상을 볼 수 있어요. 어린이들이 실제로 우주를 여행하고 있는 듯한 착각이 들게 하는 아주 재미있는 곳이지요. 또 이곳에서는 우주인과 사진을 찍고, 우주인이 입는 우주복도 직접 만져 보고, 우주에서 먹는 음식도 볼 수 있어요. 우주선이 어떻게 우주를 비행하는지 배울 수도 있지요.

　참, 달에 가면 우리 몸무게가 어떻게 변하는지 알고 있나요? 달에서 몸무게를 재면 지구에서 잰 몸무게의 $\frac{1}{6}$이 나와요. 살이 빠져서 몸무게가 줄어든 게 아니라 달의 중력이 지구의 $\frac{1}{6}$이기 때문이랍니다.

　어때요? 우주 전시관에 가 보고 싶죠?

※ **중력**: 지구가 지구 위의 물체를 끌어당기는 힘.

과학 탐구

1. 우주여행을 갈 때에는 우주에서 먹을 수 있는 음식들을 가지고 가야 합니다. 우주 음식들의 공통점이 <u>아닌</u> 것은 어느 것인가요? (   )

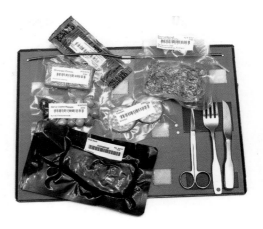

① 보관 기간이 깁니다.

② 가지고 다니기 편합니다.

③ 모든 음식의 맛이 달콤합니다.

④ 공기를 빼내고 단단히 포장합니다.

수리 탐구

2. 지구에서 잰 몸무게와 달에서 잰 몸무게는 다릅니다. 어떤 사람의 몸무게가 지구에서 60킬로그램이라면 달에서는 얼마일까요? (   )

① 60킬로그램   ② 40킬로그램   ③ 20킬로그램   ④ 10킬로그램

3주 1일
학습 끝!

붙임 딱지 붙여요

논술

3. 중력은 지구가 지구 위의 물체를 끌어당기는 힘입니다. 이 힘 때문에 지구에 있는 사람들이 똑바로 걸을 수 있습니다. 그렇다면 중력이 없는 우주에서는 사람들이 어떻게 걸어 다닐지 다음 사진을 보고 상상하여 써 보세요.

원자력 전시관

원자력 전시관은 원자력이 무엇인지 재미있는 게임을 통해서 알아볼 수 있도록 꾸며져 있어요. 원자력이란 원자가 핵분열을 할 때 방출되는 에너지예요. 원자는 무엇이고, 핵분열은 무엇이냐고요?

'원자'란 물질을 이루고 있는 가장 작은 알갱이예요. 원자는 가운데에 핵을 가지고 있는데, 무거운 원자핵이 자극을 받으면 두 개의 원자핵으로 쪼개지면서 아주 많은 에너지를 내보내요. 이것을 어려운 말로 '핵분열'이라고 하고, 이때 나오는 에너지가 바로 '원자력'이에요. 그리고 이 원자력으로 발전기를 돌려서 전기를 일으키는 것을 '원자력 발전'이라고 해요.

원자력은 아주 적은 양으로도 많은 에너지를 낼 수 있어요. 하지만 원자가 핵분열을 할 때 방사선이라는 물질이 나오는데, 이것은 자연과 사람에게 좋지 않아요. 그래서 이 에너지로 전기를 일으키는 원자력 발전소에서는 방사선이 밖으로 새어 나오지 않게 조심해야 해요.

※ 발전기: 물체가 움직일 때 나오는 에너지를 전기로 바꾸는 장치.

1. 다음은 무엇을 나타낸 그림인지 이 글에서 찾아 쓰세요.

( )

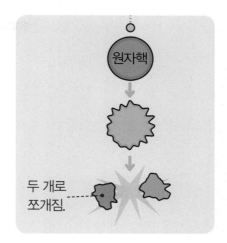

 2. 원자력에 대한 설명이 맞으면 ○표, 틀리면 ✕표 하세요.

(1) 원자에는 핵이 없는 것도 있습니다. ( )

(2) 원자핵이 쪼개질 때에 아주 많은 에너지를 내보냅니다. ( )

(3) 원자핵은 자극을 받으면 셀 수 없을 만큼 여러 개로 쪼개집니다. ( )

(4) 원자력은 핵분열이 일어날 때 나오는 에너지입니다. ( )

3. 원자력은 다음과 같은 좋은 점과 함께 나쁜 점도 있습니다. 그것이 무엇인지 써 보세요.

좋은 점

아주 적은 양으로도 많은 에너지를 낼 수 있습니다.

나쁜 점

원자가 핵분열을 할 때 나오는 방사선은 우리 생활과 밀접한 관계가 있어요.

방사선은 공기는 물론이고 쌀, 채소 등의 먹을거리나, 우리가 사용하는 물건에도 조금씩 들어 있어요. 우리가 생활 속에서 만나는 방사선의 양은 아주 적지요. 그래서 인체에 피해를 줄 정도는 아니고 또한 시간이 지나면 자연스레 줄어들어요. 아주 적은 분량의 방사선은 먹거나, 우리 몸에 닿아도 사람들이 피해를 입지 않거든요. 하지만 정해져 있는 기준보다 많이 먹거나 몸에 닿으면 사람의 몸에 무척 해로우니 조심해야 해요.

방사선이 모두 나쁜 것만은 아니에요. 병원에서 사람의 몸 안을 들여다볼 수 있는 엑스선(X-레이) 촬영이나, 더 정밀하게 신체 기관을 들여다볼 수 있는 시티 촬영(CT 촬영) 등에 쓰이거든요. 또 공항에서는 가방 속에 들어 있는 물건을 검사하는 기계에 사용되기도 해요.

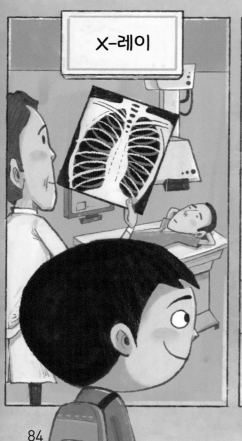

X-레이

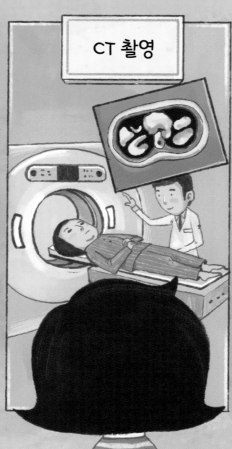

CT 촬영

수하물 검사

언어 1. 이 글을 읽고 방사선이 우리 생활과 어떤 관계가 있는지 바르게 생각한 친구는 누구일까요? (   )

① 방사선이 많이 들어 있을수록 우리 몸에 좋아.

② 방사선은 아주 적은 양으로도 사람들에게 피해를 줘.

③ 공기 중에 방사선이 들어 있으니 밖에 나가면 안 돼.

④ 방사선이 우리 생활에 도움을 주는 여러 기계에 사용되기도 해.

과학 탐구 2. 방사선은 우리 생활 곳곳에 있지만 매우 적은 양입니다. 만약 생활 속 방사선의 양이 지금보다 훨씬 많아진다면 우리에게 어떤 일이 생길까요? (   )

① 사람을 건강하게 합니다.

② 사람, 동물, 식물 모두에게 피해를 줍니다.

③ 사람과는 상관없이 동물에게만 피해를 줍니다.

④ 방사선 양이 많거나 적거나 아무 변화가 없습니다.

논술 3. 병원에서 방사선을 이용한 엑스선 촬영을 할 수 없다면 어떤 점이 불편할지 써 보세요.

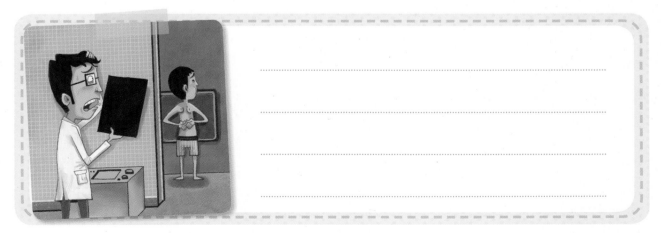

　우리나라가 세계에서 몇 안 되는 원자력 수출국이라는 사실을 아나요? 원자력 발전소 만드는 기술을 다른 나라로 수출하는 것을 '원전 수출'이라고 해요. 우리나라 사람들이 다른 나라에 원자력 발전소를 지어 주고 그 발전소에서 나오는 전기를 다른 나라 사람이 이용할 수 있도록 하는 것이지요.

　우리나라가 원전을 수출하게 된 결정적인 이유는 안전성 때문이에요. 원자력 발전에서는 방사선 유출을 막는 안전성이 가장 중요하거든요.

　2009년, 우리나라가 아랍 에미리트에 원전을 수출해 미국, 프랑스, 캐나다, 러시아, 일본에 이어 세계에서 여섯 번째로 원전 수출국이 되었어요.

　1978년에 미국의 기술로 부산에 처음으로 고리 원자력 발전소를 세운 지 31년 만에 이룬 놀라운 성과이지요.

※ **아랍 에미리트**: 페르시아만 남쪽 기슭에 있는 국가. 7개의 국가가 합쳐진 나라로, 석유가 많이 난다.

한국은 원전 수출국

1. 우리나라의 원자력 발전소 만드는 기술에 대해 잘못 설명한 것은 어느 것인가요? (   )

① 우리나라에는 아직 원자력 발전소가 없습니다.

② 세계에서 여섯 번째로 원전 수출국이 되었습니다.

③ 처음에는 미국의 기술로 원자력 발전소를 세웠습니다.

④ 고리 원자력 발전소는 우리나라 최초의 원자력 발전소입니다.

2. 다음에서 설명하고 있는 나라는 어느 나라인지 이 글에서 찾아 쓰세요.

위치   국기

· 이 나라 사람들은 이슬람교를 믿습니다.
· 이 나라 사람들은 돼지고기를 먹지 않습니다.
· 일곱 개의 국가가 합쳐진 나라이고 석유가 많이 납니다.

(   )

3주 2일
학습 끝!

붙임 딱지 붙여요.

3. 우리나라의 물건이나 기술을 다른 나라에 파는 것을 '수출'이라고 합니다. 우리나라에서 이미 많이 수출하고 있는 다음 물건이나 기술 이외에 어떤 물건이나 기술을 더 수출하면 좋을지 두 가지 이상 써 보세요.

배를 만드는 기술, 원자력 발전소를 만드는 기술, 자동차, 휴대 전화, 가전제품

03 우리 집은 과학 창고

  이 전시관은 집 안 곳곳에 숨어 있는 다양한 과학 원리들을 볼 수 있는 곳이에요. 우리가 사는 집은 과학이 모여 있는 창고와 같거든요.

  먼저 가스레인지에서 음식이 데워지는 원리를 알아봐요. 차가운 물을 주전자에 넣고 가스레인지 위에서 끓이면 어떻게 물 전체가 뜨거워질까요?

  물과 같은 액체와 공기와 같은 기체는 뜨거워지면 부풀면서 가벼워져요. 이렇게 가벼워진 액체와 기체는 위로 올라가지요. 따라서 가스레인지에 의해서 뜨거워진 주전자 아랫부분의 물은 가벼워져서 위쪽으로 올라가고, 위쪽에 있던 차가운 물은 아래쪽으로 내려오지요. 이런 과정이 계속 반복되면서 주전자에 있는 물 전체가 데워지는데, 이런 현상을 '대류'라고 해요.

  차가운 방이 난로에 의해서 따뜻해지는 것도 대류 현상이에요. 바닥에 놓인 난로가 방의 아랫부분 공기를 따뜻하게 하면 그 공기는 가벼워져서 위로 올라가고, 위의 찬 공기가 아래로 내려오지요. 이렇게 공기의 움직임이 계속 반복되면서 방 전체가 따뜻해지는 것이랍니다.

언어 **1.** 이 글에서는 우리가 사는 집을 '과학 창고'에 빗대어 표현했습니다. 다음 중 빈칸에 알맞는 낱말로 짝지어진 것은 어느 것인가요? (   )

> • 친구는 내 마음을 비춰 주는 [㉠]
> • 우리 엄마는 화가 나면 무서운 [㉡]

① ㉠ 바람, ㉡ 쥐   ② ㉠ 물, ㉡ 토끼
③ ㉠ 거울, ㉡ 사자   ④ ㉠ 달, ㉡ 코알라

과학 탐구 **2.** 다음은 대류 현상을 설명하고 있는 그림입니다. (   ) 안에 알맞은 말을 이 글에서 찾아 쓰세요.

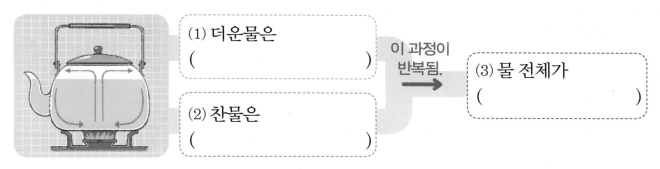

(1) 더운물은
(   )

(2) 찬물은
(   )

이 과정이 반복됨.
→

(3) 물 전체가
(   )

논술 **3.** 두 그림을 보고 난방기를 실내의 어디에 두는 것이 더 좋은지 고르고, 그 까닭을 설명하고 있는 문장의 (   ) 안에 알맞은 말을 쓰세요.

▲ 난방기를 실내의 아래쪽에 두었을 때   ▲ 난방기를 실내의 위쪽에 두었을 때

뜨거운 공기
찬 공기
뜨거운 공기
찬 공기

난방기는 실내의 (   )쪽에 두는 것이 좋습니다. 왜냐하면 난방기를 실내의 (   )쪽에 두면 실내의 위쪽만 따뜻해지지만, 난방기를 실내의 (   )쪽에 두면 아래로 내려온 차가운 공기를 데워 위로 올려 주므로 실내 전체가 따뜻해지기 때문입니다.

이번에는 화장실에 숨은 과학 원리를 알아볼까요?

양치하거나 세수할 때 사용하는 세면대 아래의 배수관을 본 적이 있나요? 지금이라도 살펴보면 배수관이 굽어 있는 걸 볼 수 있을 거예요.

배수관이 왜 굽어 있는지 아세요? 사실 물을 잘 빠져나가게 하려면 배수관이 직선인 것이 좋겠지요. 하지만 배수관을 직선으로 만들면 배수관을 타고 하수구의 나쁜 냄새와 벌레들이 위로 올라올 수 있어요.

그래서 배수관은 사용한 물이 아래로 내려가다가 굽은 부분에 고여 있게 만들어요. 굽은 부분에 물이 고여 있으면 나쁜 냄새와 벌레들이 배수관 위로 올라오지 못하거든요.

이렇게 구부러진 배수관을 '트랩'이라고 하고, 트랩을 통해서 물이 고이게 되어 나쁜 냄새가 올라오지 못하는 것을 '트랩의 원리'라고 해요.

＊ **배수관**: 물이 빠져나가는 관.
＊ **트랩**: 관의 일부를 'U' 자, 'S' 자 따위로 구부려 물을 고여 있게 하는 장치.

사회
탐구 **1.** 가족이 함께 쓰는 화장실에서도 서로를 위해 지켜야 할 예절이 있습니다. 다음 중 화장실 예절을 잘 지킨 친구는 누구인가요? (   )

① 안에 사람이 있는지
노크를 했습니다.

② 소변을 보고 변기의
물을 내리지 않았습니다.

③ 텔레비전을 보려고
화장실 문을 열고
변기에 앉았습니다.

④ 언니가 화장실 문을
잠가서 나올 때까지 문을
두드렸습니다.

과학
탐구 **2.** 다음은 화장실에서 볼 수 있는 세면대의 트랩입니다. ①~④ 가운데 하수구의 나쁜 냄새와 벌레를 막아 주는 곳은 어디일까요? (   )

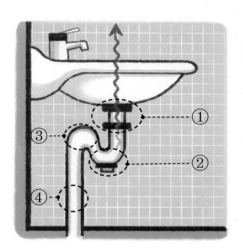

논술 **3.** 트랩에는 여러 가지 모양이 있습니다. 아래 사진처럼 여러분의 집이나 다른 곳에서 본 적이 있는 트랩의 모양을 그리고 어디에서 보았는지 장소를 써 보세요.

　이번에는 우리가 매일매일 사용하는 전기 속에 숨어 있는 비밀을 알아볼까요? 여기는 대기 전력을 실험해 보는 곳이에요.

　대기 전력이 무슨 말이냐고요? 전기 제품을 켜지 않은 상태에서도 플러그를 콘센트에 꽂아 두면 전기가 흐르는데, 이러한 전기 에너지를 '대기 전력'이라고 해요. 가전제품이 언제라도 사용될 수 있도록 플러그가 미리 준비를 하고 있다고 보면 되지요. 하지만 이때 흐르는 전기는 그냥 없어지는 전기예요.

　가정에서 사용하는 가전제품의 대기 전력은 의외로 많아요. 가전제품의 전원만 끄고 플러그를 콘센트에서 빼지 않기 때문이에요.

　대기 전력 때문에 집집마다 1년에 약 12,000원의 전기료를 더 내고 있어요. 실제로 전기를 사용하지 않고도 전기료를 내고 있다는 말이에요.

　우리가 사용하지도 않은 전기에 대해 돈을 내고 있었다고 생각하니 속상하죠? 그러니 가전제품을 쓰지 않을 때에는 플러그를 콘센트에서 꼭 빼세요.

※ **전력**: 시간당 사용되는 전기 에너지의 양.

언어 1. 다음은 무엇에 대한 설명인지 이 글에서 찾아 쓰세요.

 전기 제품은 전원을 끈 상태에서도 플러그를 콘센트에 꽂아 두면 전기가 흐릅니다. 이러한 전기 에너지를 이르는 말입니다.

(   )

과학 탐구 2. 우리는 전기를 절약하면서 안전하게 사용해야 합니다. 다음 중 전기를 안전하게 사용하는 방법이 <u>아닌</u> 것은 어느 것인가요? (   )

① 전선이 낡았거나 끊어질 것 같아도 계속 사용합니다.

② 물이 묻은 손으로 플러그와 콘센트를 만지지 않습니다.

③ 하나의 콘센트에 여러 개의 가전제품을 연결하지 않습니다.

④ 전기 제품을 수리하거나 청소할 때에는 플러그를 콘센트에서 뺍니다.

3주 3일
학습 끝!

붙임 딱지 붙여요.

논술 3. 우리가 생활 속에서 전기의 사용량을 줄일 수 있는 방법을 두 가지만 더 써 보세요.

보기 전기 제품을 사용한 다음에는 플러그를 콘센트에서 뺍니다.

미래 에너지 전시관

자동차나 가전제품, 난로 등 우리 생활에 필요한 물건들을 움직이게 하는 에너지에는 어떤 것이 있을까요? 가장 대표적인 것으로 석유나 석탄 등을 태워서 얻을 수 있는 에너지가 있어요.

하지만 지구상에 있는 석유나 석탄의 양은 한정되어 있기 때문에 머지않아 바닥을 드러낼 거예요. 그리고 석유와 석탄을 태울 때 나오는 물질이 공기를 오염시키고 있지요. 그래서 아주 오래전부터 과학자들은 석유나 석탄을 대신할 수 있고, 자연과 사람에게 해를 끼치지 않으며, 계속 사용해도 그 양이 줄어들지 않는 연료를 이용하여 에너지를 만들려고 노력해 왔어요.

그 노력 끝에 나온 에너지 중 하나가 바로 원자력이에요. 그러나 원자력도 방사선이 나오기 때문에 우리에게 안전한 에너지라고 할 수는 없지요. 그렇다면 미래를 위한 에너지에는 어떤 것들이 있을까요?

※ **한정**: 수량이나 범위 등이 제한되어 있음.
※ **연료**: 에너지를 만들 수 있는 물질을 통틀어 이르는 말.

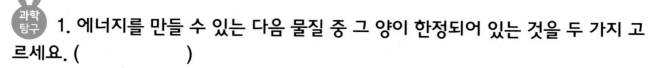

과학 탐구 1. 에너지를 만들 수 있는 다음 물질 중 그 양이 한정되어 있는 것을 두 가지 고르세요. (   )

①
석유

②
석탄

③
바람

④
태양

과학 탐구 2. 다음 중 미래를 위한 에너지와 어울리는 전시품은 어느 것인가요? (   )

① 오늘날 환경이 파괴된 모습
② 조선 시대에 왕이 썼던 모자
③ 동물의 똥을 에너지로 바꾸는 장치
④ 옛날부터 오늘날까지 집이 변화되어 온 모습

 논술 3. 에너지는 함부로 쓰지 않고 꼭 필요한 데에만 써야 합니다. 여름철과 겨울철에 에너지를 절약할 수 있는 방법을 각각 한 가지씩 써 보세요.

(1) 여름철 에너지 절약 방법

(2) 겨울철 에너지 절약 방법

폐기물로 생산되는 에너지!

대표적인 미래 에너지로는 *폐기물 에너지가 있어요. 폐기물 에너지란 우리가 버린 플라스틱이나 깡통, 음식물 등을 이용하여 만든 에너지를 말해요.

다시 말해서 우리가 버린 여러 가지 쓰레기로 연료를 만들고, 그것을 이용하여 에너지를 만든 거예요. 우리가 쓰레기를 버릴 때 구분해서 버리는 행동은 폐기물 에너지를 만드는 데 많은 도움이 되지요.

소수력 에너지라는 말을 들어본 적 있나요? 소수력은 '작은 수력'이라는 뜻으로, 주변의 강이나 하천에서 떨어지는 물의 힘을 이용해 에너지를 얻는 거예요. 하천의 크기가 작은 곳에서도 가능하다는 장점이 있지요.

미래 에너지 가운데에는 똥을 이용한 에너지도 있어요. 이미 독일 등에서는 동물의 똥에서 나오는 가스를 이용해 에너지를 얻고 있답니다. 이러한 에너지들 외에도, 태양열을 이용한 에너지와 바닷물이 밀려 들어왔다가 나가는 힘을 이용한 에너지도 있어요. 에너지의 세계, 정말 무궁무진하지요?

※ **폐기물**: 못 쓰게 되어 버리는 물건.

과학 탐구 1. 다음 중 이 글에서 미래 에너지로 이야기되지 <u>않은</u> 것은 어느 것인가요?

(   )

①
소수력 에너지

②
태양열 에너지

③
똥을 이용한
에너지

④
석탄을 이용한
에너지

사회 탐구 2. 재활용 쓰레기는 폐기물 에너지의 원료가 됩니다. 여학생이 들고 있는 쓰레기는 어디에 분리배출해야 하는지 빈칸에 알맞은 기호를 쓰세요.

(1) 플라스틱류 (   )

(2) 종이류 (   )

(3) 캔류 (   )

논술 3. 여러분이 만약 과학자라면 어떤 물질로 미래 에너지를 만들고 싶은지 남자아이의 말을 참고하여 말풍선에 써 보세요.

난 지구상에
많이 있는 바닷물을
이용해서 에너지를
만들 거야.

04 과학관 나들이를 마치며

3주

이제 과학관 나들이를 마칠 시간이 되었네요. 여러분은 과학관을 둘러보면서 무슨 생각을 했나요? 과학이 생각보다 어렵지 않고 재미있어서 놀랐죠?

과학관에는 과학에 대한 호기심과 흥미를 유발시키는 전시물들이 무척 많아요. 그리고 어린이 여러분이 직접 체험하면서 과학의 원리를 쉽게 이해하고 배울 수 있게 꾸며져 있지요.

오늘 보고 배웠던 내용을 친구나 가족들에게 많이 얘기해 주세요. 우리 집에 숨어 있는 과학의 원리도 찾아보고요.

이제 여러분은 생활 속에서 과학의 원리를 찾고, 의문을 가지며 궁금한 점에 대해 공부하는 꼬마 과학자가 되어야 해요.

앞으로는 자연을 사랑하고 보존하는 것은 물론, 에너지를 지혜롭게 사용해야 행복한 생활을 할 수 있거든요. 그리고 과학은 절대 어렵지 않고, 여러분 가까이에 있다는 것, 잊지 마세요.

1. 과학관을 다녀온 뒤 깨닫거나 알게 된 것으로 적절하지 <u>않은</u> 것은 어느 것인가요? (   )

① 과학 원리는 알 필요가 없습니다.

② 자연을 사랑하고 보존해야 합니다.

③ 에너지는 함부로 사용하면 안 됩니다.

④ 생활 곳곳에 과학 원리가 숨어 있습니다.

 2. 과학관을 둘러본 뒤 새로 알게 된 내용으로 설명하는 글을 쓴다면 어떻게 쓰는 것이 좋을까요? (   )

① 무조건 길게 씁니다.

② 어려운 단어를 많이 사용합니다.

③ 느낌만을 중심으로 글을 씁니다.

④ 읽는 사람이 이해하기 쉽게 씁니다.

 3. 우리 생활 곳곳에는 과학 원리가 숨어 있습니다. 보기 처럼 과학적으로 궁금한 사항을 두 가지 이상 써 보세요.

3주 4일
학습 끝!

붙임 딱지 붙여요

보기 냉장고는 어떻게 음식을 차게 보관할 수 있을까?

되돌아봐요

| 다음은 과학관의 전시관에 대한 설명입니다. ( ) 안에 들어갈 말을 보기 에서 찾아 쓰세요.

보기
나쁜 냄새   우주   폐기물   대기 전력

(1) 이곳은 입체 안경을 쓰고 우주를 입체적으로 체험할 수 있는 전시관입니다. 이곳에서는 입체 영상이 보이는 안경을 낀 채 몸이 이리저리 흔들리는 의자에 앉아 (   )에 관한 영상을 봅니다.

(2) 이곳은 세면대의 배수관이 왜 구부러져 있는지를 알려 주는 전시관입니다. 세면대의 굽은 배수관은 세면대에서 내려간 물이 굽은 곳에 고여 있게 하여 하수구에서 (   )와 벌레가 올라오지 못하게 합니다.

(3) 이곳은 가전제품을 켜지 않고 플러그를 콘센트에 꽂아 두기만 해도 전기가 흐르는 (   )에 대해 알아보는 전시관입니다. 따라서 가전제품을 다 쓰면 항상 플러그를 콘센트에서 뽑아야 합니다.

(4) 이곳은 우리가 버린 플라스틱, 깡통, 음식물 등과 같은 쓰레기를 이용하여 만든 (　　　　) 에너지를 알려 주는 전시관입니다. 우리가 쓰레기를 버릴 때 잘 구분해서 버리면 이 에너지를 만드는 데 도움을 줍니다.

2 다음은 '과학관으로 놀러 오세요'를 읽고 알게 된 사실들입니다. 맞는 것에는 ◯표, 틀린 것에는 ✕표 하세요.

(1) 동물의 똥도 에너지가 될 수 있습니다. (　　　　)

(2) 우주에서 먹는 음식은 보관 기간이 깁니다. (　　　　)

(3) 방사선은 사람들에게 전혀 이롭게 쓰이지 않습니다. (　　　　)

(4) 우리의 몸무게는 지구와 달에서 잴 때 모두 똑같습니다. (　　　　)

(5) 우리가 현재 많이 사용하고 있는 에너지는 소수력 에너지와 폐기물 에너지입니다. (　　　　)

(6) 원자력은 자연과 인간에게 해로운 방사선이 나오므로 조심히 다루어야 합니다. (　　　　)

(7) 주전자 안에 있는 찬물이 가스레인지의 열을 받아 골고루 데워지는 것은 '대류' 현상 때문입니다. (　　　　)

(8) 사람들은 자연과 인간에게 해를 입히지 않고 계속 사용해도 그 양이 줄어들지 않는 에너지를 개발하려고 노력하고 있습니다. (　　　　)

궁금해요

오, 이런 박물관도 있어요?

우리 주변에는 민속 박물관이나 과학관뿐만 아니라 다양한 주제의 물건들이 모여 있는 박물관들이 많답니다. 어떤 박물관들이 있는지 함께 알아볼까요?

짚풀 생활사 박물관 www.jipul.com

▲ 여러 가지 짚신

▲ 망태기

우리 조상들에게 짚은 매우 친숙한 존재예요. 초가집의 지붕도, 길을 다닐 때 신었던 짚신도, 일하러 갈 때 필요한 물건들을 담아 어깨에 멨던 망태기도 모두 짚으로 만들었지요. 이 박물관에서는 우리 조상들의 중요한 삶의 재료였던 짚과 풀로 만든 많은 물건들을 만날 수 있어요. 또 짚과 풀로 컵 받침, 걱정 인형, 달걀 꾸러미 등 다양한 만들기 체험을 하며 우리의 귀중한 짚풀 문화를 배울 수 있습니다.

떡 박물관 www.tkmuseum.or.kr

떡은 우리의 생활 속에서 오랫동안 함께해 온 음식으로 종류도 많고 맛과 영양도 풍부합니다. 떡 박물관에서는 명절이나 특별한 날에 먹었던 떡과, 떡을 만들 때 사용하던 기구 등을 만나 볼 수 있습니다. 그리고 가족을 위해 정성으로 떡을 만들던 우리 할머니, 어머니의 사랑을 느낄 수 있습니다.

▲ 매화떡

▶ 꽃산병

별난 물건 박물관   www.funmuseum.com

누구나 한번쯤 생각해 봤지만 만들지 못했던 신기한 물건들이 모여 있는 별난 물건 박물관이 있어요. 다른 박물관과 달리 손으로 전시물을 만져 볼 수도 있고 마음껏 떠들 수도 있어서 정말 신나고 즐거운 박물관이랍니다. 별난 물건 박물관은 전시품 교체를 위해 종종 박물관을 재정비하는 기간이 있으니, 홈페이지를 통해 휴관 여부를 미리 확인하도록 하세요.

▲ 번개 모양 전기 모으기 – 번개 모양 위에 손바닥을 올리면 전기가 모아져요.

▲ 내 손이 스위치 – 전등 위로 손을 오르락내리락하면 스위치가 꺼졌다 켜져요.

▲ 춤추는 물방울 – 청동 대야 주변을 부드럽게 문지르면 물방울이 마구 튀어 올라요.

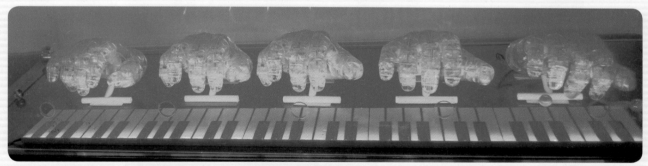

▲ 피아니스트의 손 – 박수를 치면 피아니스트의 손이 움직여요.

✏️ 위의 박물관 중 가장 가고 싶은 박물관은 어디이고, 언제, 누구와 가고 싶은지 써 보세요.

(1) 가고 싶은 박물관:

(2) 가고 싶은 날:

(3) 함께 가고 싶은 사람:

내가 할래요

내 눈이 이상해요

과학관의 전시물들 중에는 착시를 느끼게 하는 것들이 있습니다. 착시는 어떤 사물을 실제와 다르게 생각하게 해요. 다음 그림을 보면서 무엇이 보이는지 빈칸을 채우며 재미있는 착시 놀이를 해 보세요.

1 오호, 아름다운 (　　　　　)이네.

무슨 소리야. 이건 두 (　　　　)이
이야기를 나누고 있는 거야.

2 좀 반듯하게 선을 그으면
예쁠 텐데……

무슨 말이야? 이 선들은 모두
(　　　　　) 그어져 있어.

3주
학습 끝!

확인할 내용	잘함	보통임	부족함
1. 이번 주 학습을 5일(월요일~금요일) 안에 끝마쳤나요?			
2. 과학관에 대해서 잘 이해했나요?			
3. 우리 집에 숨은 과학 원리를 찾을 수 있나요?			
4. 에너지를 아끼는 방법을 알고 있나요?			

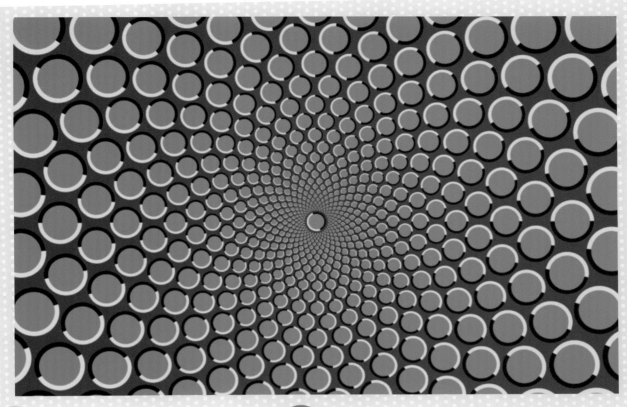

3 아이고, 어지러워.
제발 좀 움직이지 마.
이상하다. 이 그림은
(   ) 않는데…….

4 A와 B의 글자 색깔이 다르네.
아니야, A와 B의 글자 색깔은
(   ).

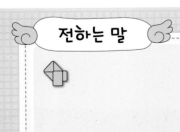

3주 5일
학습 끝!

붙임 딱지 붙여요

전하는 말

4주

광고하는 글을 써 봐요

생각톡톡 치료가 필요한 환자를 위하여 피를 뽑아 주는 헌혈 광고문입니다. 이 광고문에 어울리는 제목을 써 보세요.

관련교과 [국어 2-1] 글에서 주요 내용 확인하기 / 주변에 있는 물건 설명하기
[국어 4-1] 생각과 느낌을 효과적으로 전달하기

01 시설 광고문 1

사랑이 있는 우리 학교로 오세요!

훌륭한 사람이 되고 싶으세요?

가슴이 따뜻한 사람이 되고 싶으세요?

그렇다면 바로 이곳으로 오세요.

우리 학교는 이렇습니다!

1 선생님들이 친절하십니다.

우리 학교 선생님들은 항상 웃으시며 학생들에게 칭찬을 많이 해 주십니다.

2 놀이 공간이 많습니다.

우리 학교는 운동장도 넓고 수영장도 있습니다.

3 숙제는 줄이고 책 읽기를 많이 합니다.

우리 학교는 책을 많이 읽는 학생들에게 높은 점수를 줍니다.

이해력 1. 이 글과 같이 어떤 상품이나 생각 등을 널리 알려서 그것을 이용하거나 그 생각대로 행동하기를 부추기는 글을 '광고문'이라고 합니다. 이 글은 학교의 어떤 점을 널리 알리고 싶었는지 모두 고르세요. (   )

① 숙제가 많습니다.

② 책을 많이 읽을 수 있습니다.

③ 넓은 운동장과 수영장이 있습니다.

④ 선생님들이 학생들에게 칭찬을 많이 해 주십니다.

분석력 2. 이 광고문에는 학교에 대한 '사실'과 글쓴이의 '의견'이 들어가 있습니다. 보기 를 참고하여 다음에 제시된 문장이 사실이면 '사'를, 의견이면 '의'를 (   ) 안에 쓰세요.

보기

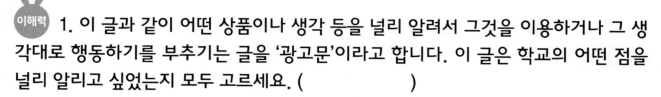

사과는 과일입니다. (사)   사과는 맛있습니다. (의)

(1) 우리 학교로 오면 훌륭한 사람이 됩니다. (   )

(2) 우리 학교는 운동장이 넓고 수영장도 있습니다. (   )

(3) 우리 학교로 오면 가슴이 따뜻한 사람이 됩니다. (   )

(4) 우리 학교는 책을 많이 읽는 학생들에게 높은 점수를 줍니다. (   )

예체능 3. 광고문에는 내용을 잘 드러낼 수 있는 인상적인 사진이나 그림 등이 들어갑니다. 이 광고문에 더 넣고 싶은 모습을 그려 보세요.

시설 광고문 2

얘들아, 해달별 놀이터에서 놀자

해달별 아파트 놀이터가 새 단장을 했습니다.

놀이터 바닥에 어린이들이 넘어져도 다치지 않게 매트를 깔아서 안전하고, 재미있는 놀이 기구도 많이 들여놓았어요.

특히 이 놀이터에는 어린이를 보호해 주는 보안관 아저씨가 있어요. 만일 이곳에 어린이들을 괴롭히는 나쁜 어른이 있다면 놀이터 보안관 아저씨가 가만두지 않을 거예요. 그러니 안심하고 놀러 오세요.

어린이 여러분!

공부도 중요하지만 노는 것도 중요하니 해달별 놀이터에서 신나게 놀아 봐요.

1. 이 광고문에서 알리고 있는 내용을 바르게 설명한 것을 두 가지 고르세요.

(   )

① 놀이터 시설이 안전하다.

② 놀이터에 보안관 아저씨가 있다.

③ 뚱뚱한 어른도 놀이터에서 운동을 할 수 있다.

④ 다른 아파트 어린이들도 놀이터를 이용할 수 있다.

2. 이 광고문은 어린이 놀이터를 알리려고 쓴 글입니다. 어디에 붙여 놓으면 좋을까요? (   )

① 음식점   ② 소방서   ③ 경찰서   ④ 초등학교

3. 이 광고문을 참고하여 다음 사진에 있는 미끄럼틀을 광고하려고 합니다. 사람들의 관심을 끌 수 있는 제목과 이 미끄럼틀의 좋은 점을 써 보세요.

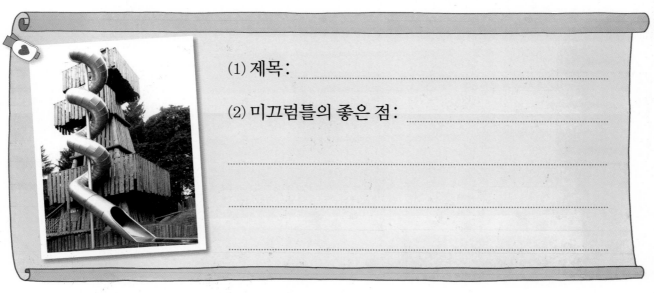

(1) 제목 : ....

(2) 미끄럼틀의 좋은 점 : ....

....

....

사람을 구하는 광고문 1

친구를 찾습니다

저는 산들마을 아파트에 이사 온 ○○초등학교 2학년 2반 박구슬입니다.

어려운 사람을 보면 도와주고 싶고, 슬픈 일을 보면 눈물을 흘리는, 마음이 따뜻한 아이입니다. 저만의 생각인지는 모르겠지만 얼굴은 귀엽게 생겼습니다. 먹는 것을 좋아해서 조금 통통한 편입니다.

우리 가족은 할아버지와 할머니, 엄마와 아빠입니다.

전에 살던 곳과 새로 이사 온 이곳의 거리가 멀어서 아직 친구가 없습니다. 그래서 산들마을 아파트에 사는 2학년 아이들 중에서 저와 학교도 같이 가고 놀이터에서 함께 놀 친구를 찾습니다.

저와 친구해 줄 아이는 102동 202호로 연락해 주세요. 우리 집 전화번호는 123-1234입니다.

여자 친구든 남자 친구든 모두 환영합니다. 저와 친구해 주세요.

1. 이 글은 글쓴이가 아파트 입구에 붙인 광고문입니다. 글쓴이는 이 광고문을 왜 썼을까요? (   )

① 친구를 사귀기 위해서   ② 친구를 격려하기 위해서

③ 엄마를 설득하기 위해서   ④ 새 학교로 전학을 가기 위해서

 2. 글쓴이는 왜 자신을 마음이 따뜻한 아이라고 말했는지 두 가지를 고르세요. (   )

① 먹는 것을 좋아해서

② 슬픈 일을 보면 눈물을 흘려서

③ 어려운 사람을 보면 도와주고 싶어서

④ 남자 친구와 여자 친구를 모두 좋아해서

 3. 만일 여러분이 친구를 찾는 광고문을 쓴다면, 자신의 좋은 점으로 무엇을 내세우고 싶은지 보기 처럼 두 가지만 써 보세요.

보기	첫째, 운동을 잘합니다. 둘째, 재미있게 말합니다.

똘망이를 길러 주실 분을 찾습니다

- **이름**: 똘망이 (2살)
- **성별**: 수컷
- **특징**: 귀여운 진돗개이며 똥과 오줌은 꼭 화장실에서 눕니다.
  애교가 많고 사람을 잘 따릅니다.
  훈련이 잘되어 있어서 손과 발을 달라고 하면 잘 줍니다.

  똘망이가 태어난 지 열흘 뒤부터 길렀는데, 저희 아빠가 두 달 뒤에 외국에서 2년간 근무하시게 되어 우리 가족 모두 외국으로 이사를 갑니다. 그래서 2년간 똘망이를 길러 주실 분을 찾습니다. 강아지를 사랑하고 좋아하시는 분이면 좋겠습니다.

- **연락처**: 010-2233-5577
- **붙임**: 예방 주사는 모두 맞혔어요.

이해력 1. 똘망이에 대해 잘못 설명한 친구는 누구인가요? (   )

①
똘망이는 수컷이야.

②
똘망이는 진돗개야.

③
똘망이는 낮을 많이 가려.

④
똘망이는 똥과 오줌을 잘 가려.

분석력 2. 이 광고문에 사용된 강아지의 그림은 어떤 효과가 있나요? 그 효과와 관계가 먼 것을 고르세요. (   )

① 사람들의 관심을 끌 수 있습니다.

② 사람들에게 강아지가 귀엽다는 느낌을 줄 수 있습니다.

③ 사람들에게 이 광고문의 내용을 기억하게 할 수 있습니다.

④ 사람들에게 강아지가 힘들어한다는 것을 알릴 수 있습니다.

논술 3. 새 주인을 만나야 하는 똘망이의 마음은 어떨까요? 똘망이가 직접 광고문을 쓴다면 어떤 제목을 붙이고, 어떤 내용으로 쓸지 써 보세요.

(1) 똘망이가 붙일 제목: ....

(2) 똘망이가 쓸 내용: ....

....

....

메타세쿼이아 가로수 길

죽녹원

여기는 마음이 쉬어 가는 곳, 담양입니다!

　전라남도 담양을 아십니까? 예로부터 산 깊고 물 맑은 고장으로 알려진 담양은 지친 몸과 마음을 편히 쉬게 하는 곳입니다. 또한 담양은 푸른 대나무 숲을 비롯하여 자연이 그대로 숨을 쉬고 있는 아름다운 고장입니다.

　매년 5월에 열리는 '담양 대나무 축제'는 담양의 대나무를 널리 알리려는 행사로 내용이 무척 알차고 풍부합니다. 하늘을 찌를 듯이 솟아오른 대나무가 있는 죽녹원에서 대나무 사이로 불어오는 바람과 죽림욕을 즐겨 보세요.

　담양에는 메타세쿼이아라는 가로수가 심어져 있어서 환상적인 풍경을 만들고 있는 가로수 길도 있습니다. 2002년 산림청과 생명의 숲 가꾸기 국민운동 본부가 '가장 아름다운 거리 숲'으로 선정한 곳이기도 하지요.

　'담양'하면 음식도 빼놓을 수 없어요. 남도의 맛을 대표하는 담양의 음식으로는 한우 떡갈비와 대통밥이 있어요. 입안에서 사르르 녹는 떡갈비와 대나무 통에 넣어서 만든 대통밥은 담양에서 꼭 한 번 맛보아야 할 음식이랍니다.

▲ 한우 떡갈비(왼쪽) 대통밥(오른쪽)

1. 이 광고문을 읽은 학생이 할 말로 적합하지 <u>않은</u> 것은 무엇인가요? (   )

① 담양에 가서 떡갈비를 먹고 싶다.

② 아빠에게 담양에 놀러 가자고 해야지.

③ 담양에는 볼거리와 먹을거리가 많구나.

④ 담양에 있는 놀이공원에서 신나게 놀고 싶다.

 2. 이 글과 같은 관광지 광고문에 꼭 넣지 <u>않아도</u> 될 내용은 무엇인가요?

(   )

① 관광지의 이름   ② 관광지의 위치

③ 관광지의 특징   ④ 관광지의 교통 요금

3. 이 광고문은 담양의 대표적인 볼거리와 먹을거리를 알리고 있습니다. 우리 집의 대표적인 볼거리와 먹을거리를 보기 처럼 써 보세요.

보기 우리 집의 대표적인 볼거리

 살랑살랑 꼬리를 흔들며 우리 가족을 기분 좋게 해 주는 우리 집의 재롱둥이 살살이. 꼭 보러 오세요.

보기 우리 집의 대표적인 먹을거리

한 번 먹으면, 자꾸자꾸 생각나는 우리 집 떡볶이. 맵지 않고 달콤해요. 먹으러 오세요.

책 광고문

이상하게 재미있는 "이상한 나라의 앨리스"

어느 햇살 좋은 날, 앨리스는 바쁘게 뛰어가며 말하는 토끼를 따라가다가 그만 아주 이상한 나라에 들어가게 됩니다.

그곳에서 앨리스는 몸이 커졌다 작아지기도 하고, 괴상한 동물들을 만나 황당한 일을 겪기도 하지요. 우연히 들어간 트럼프 나라에서는 여왕을 만나 크로케 경기를 하게 됩니다.

앨리스는 과연 이상한 나라를 벗어나서 집으로 돌아올 수 있을까요?

매일매일 똑같은 하루가 재미없고 시시하다면 "이상한 나라의 앨리스"를 읽어 보세요. 세계 어린이들이 사랑하는 책 "이상한 나라의 앨리스"를 읽으면 상상력이 풍부해집니다.

"이상한 나라의 앨리스"는 어린이들을 흥미로운 상상의 세계로 안내합니다.

루이스 캐럴 지음 | ○○○ 옮김 | ○○ 출판사

1. 이 글은 책을 소개하고 있는 광고문입니다. 책을 소개하는 광고문에 들어가지 <u>않아도</u> 되는 것은 무엇인가요? (   )

① 소개하는 책의 이름

② 소개하는 책의 흥미로운 내용

③ 소개하는 책에 대한 좋은 평가

④ 소개하는 책의 좋지 않은 소감

2. 다음은 이 광고문에서 말한 크로케를 설명한 글입니다. 설명에 알맞은 그림은 무엇인가요? (   )

> 크로케는 나무망치로 나무 공을 쳐서 땅 위에 세워 놓은 철 기둥을 통과하여 출발했던 곳으로 되돌아오는 경기입니다.

① 　② 　③

3. 다음 내용을 참고하여 "어린이 삼국지"라는 책의 광고문을 써 보세요.

책의 특징

　나관중의 "삼국지"는 어린이들이 읽기에 분량이 많고 어렵습니다. 하지만 "어린이 삼국지"는 어린이들의 눈높이에 맞춰 쉽고 재미있게 풀어 썼고, 분량도 세 권으로 줄였습니다.

권하고 싶은 사람

• 지혜와 용기를 배우고 싶은 사람
• 영웅들의 이야기를 좋아하는 사람

4주 2일
학습 끝!

붙임 딱지 붙여요.

03 음식 광고문

동글동글 주먹밥 드세요

우리 학교 알뜰 장터에 오신 것을 환영합니다.

'금강산도 식후경'이라는 말이 있잖아요. 장터 구경은 잠시 미루고 모두 여기로 오세요. 배가 불러야 장터 구경이 더 신이 나요.

3학년 5반 어린이들이 조막만 한 손으로 조물조물 만든 동글동글 주먹밥이 아우동 화단 앞에 준비되어 있습니다. 어른과 아이 모두가 좋아하는 불고기, 참치, 김치를 넣어 맛도 좋고 영양도 풍부합니다.

저희가 정성 들여 만든 동글동글 주먹밥은 한 개에 500원입니다.

혼자 먹다가 무지무지 맛있어서 다른 사람까지 부르게 되는 동글동글 주먹밥, 포장도 해 드려요.

다 팔리면 먹고 싶어도 먹을 수 없으니 어서 서두르세요.

※ **금강산도 식후경**: 아무리 재미있는 일이라도 배가 불러야 흥이 난다는 것을 이르는 말.

 이해력 1. 다음 중 주먹밥의 특징을 나타내는 문구는 무엇인가요? (   )

① 맛도 좋고 영양도 아주 풍부합니다.

② '금강산도 식후경'이라는 말이 있잖아요.

③ 동글동글 주먹밥은 한 개에 500원입니다.

④ 우리 학교 알뜰 장터에 오신 것을 환영합니다.

분석력 2. 이 광고문에서는 '금강산도 식후경'이라는 속담을 사용하여 글쓴이의 의견을 전달했습니다. '고운 말의 중요성'에 대해 광고문을 쓸 때에 활용할 수 있는 속담은 다음 중 어느 것인가요? (   )

① 티끌 모아 태산

② 누워서 떡 먹기

③ 발 없는 말이 천 리 간다.

④ 가는 말이 고와야 오는 말이 곱다.

논술 3. 여러분이 직접 만든 샌드위치를 광고한다면 어떤 점을 강조할지 빈칸에 써 보세요.

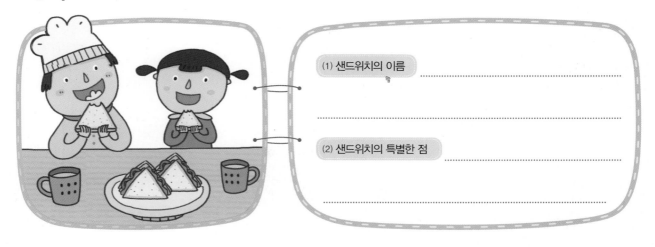

(1) 샌드위치의 이름 ....

....

(2) 샌드위치의 특별한 점 ....

....

만화를 이용한 물건 광고문

만능 도장 상자 대공개!

이해력 **1. 만화 형식의 광고문이 가지고 있는 좋은 점이 <u>아닌</u> 것은 어느 것인가요?**

( )

① 재미있습니다. ② 흥미를 일으킵니다.
③ 이해하기 쉽습니다. ④ 만화책으로도 볼 수 있습니다.

창의력 **2. 다음과 같은 일을 겪은 연주에게 미안한 마음을 담아 쪽지를 보내려고 합니다. 이때 어떤 도장을 찍으면 좋을지 그 도장에 새길 내용을 간단히 표현해 보세요.**

논술 **3. 만화로 된 이 광고문을 제목과 본문으로 이루어진 일반적인 광고문으로 바꾸려고 합니다. 도장의 좋은 점을 알리는 제목과 본문으로 써 보세요.**

제목 ....

본문 ....

....

....

우리 반 2학기는 최강 팀이 책임집니다!

말로만 하지 않겠습니다. 땀이 나도록 직접 발로 뛰겠습니다.

저희에게 소중한 한 표를 주신다면

여러분의 든든한 오른팔이 되겠습니다.

저희 최강 팀, 믿고 뽑아 주십시오.

여러분의 꿈과 사랑, 우정을 지켜 드리겠습니다.

회장 후보: 이자람

부회장 후보: 강병규, 신보미

이해력 1. 이 광고문에 최강 팀의 정보를 더 넣는다면 무엇을 넣어야 할까요?

( )

① 후보자들의 생년월일   ② 후보자들의 부모님 이름

③ 후보자들의 키와 몸무게   ④ 후보자들이 앞으로 할 일

분석력 2. 다음 중 반 회장 선거에서 꼭 지켜야 할 원칙을 잘못 알고 있는 친구는 누구인가요? ( )

① 우리 모둠은 모두 진우를 찍기로 했어.

② 선거는 공정하고, 정정당당하게 해야 해.

③ 우리 반 친구라면 누구나 회장 후보가 될 수 있어.

④ 투표권은 누구나 한 표씩이야. 더 하고 싶어도 안 돼.

논술 3. 이 광고문에서는 반 회장과 부회장의 역할을 '여러분의 든든한 오른팔'이라고 빗대어 표현했습니다. 여러분이 회장 후보로 나간다면 자신의 역할을 어떤 것에 빗대어 표현할지 보기 를 참고하여 써 보세요.

> **보기**
>
> 저는 여러분의 마이크가 되어, 여러분의 목소리가 더 멀리 퍼져 나가도록 하겠습니다.

4주 3일
학습 끝!

붙임 딱지 붙여요.

일회용 종이컵
쓰는 데 **10분**
썩는 데 **20년**

일회용 비닐봉지
쓰는 데 **30분**
썩는 데 **50년**

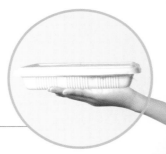

일회용 스티로폼
쓰는 데 **1시간**
썩는 데 **500년**

편리함은 짧고 쓰레기는 길다!

20년에서 500년 이상까지 걸리는 일회용품 분해 시간
하루에 5천만 국민이 종이컵, 비닐봉지 하나씩만 줄여도
하루에 5천만 개의 일회용품 쓰레기가 줄어듭니다.
일회용품 – 하루 하나씩만 줄여도 미래가 깨끗해집니다!

kobaco 한국방송광고공사
공익광고협의회

이해력 1. 국가나 사람들에게 이익이 되는 내용을 널리 알리는 글을 '공익 광고문'이라고 합니다. 이 광고문에서 사람들에게 하고 싶은 말은 무엇인가요? (   )

① 쓰레기를 줄이자.   ② 일회용품 사용을 줄이자.

③ 쓰레기를 분리하여 버리자.   ④ 편리한 일회용품을 사용하자.

분석력 2. 이 광고문에서는 다음과 같은 사진과 내용을 제시하여 무엇을 강조하고 싶었나요? (   )

① 일회용품을 자주 써야 한다.

② 일회용품은 사용하기 편리하다.

③ 일회용품은 항상 우리 곁에 있다.

④ 일회용품은 썩는 데 시간이 오래 걸린다.

일회용 종이컵
쓰는 데 **10분**
썩는 데 **20년**

일회용 비닐봉지
쓰는 데 **30분**
썩는 데 **50년**

일회용 스티로폼
쓰는 데 **1시간**
썩는 데 **500년**

논술 3. 다음과 같은 일회용품을 사용하고 있는 사람에게 일회용품 대신에 환경을 지킬 수 있는 것을 사용해 달라고 보기 처럼 써 보세요.

보기

종이컵 대신에 휴대용 컵이나 텀블러를 사용하세요.

비닐봉지 대신에 ....

....

2008 대한민국 공익광고대상 수상작

B.C. 8000

B.C. 2000

14C

21C

사람을 위한 도구가
사람을 향한 흉기가 될 수 있습니다.

문명의 발전 뒤에는 도구의 발전이 있었습니다. 만약 사람을 해하는 무기로만 사용했다면
세상은 어떻게 되었을까요?
인류가 낳은 가장 진보된 도구, 인터넷 – 세상을 더욱 이롭게 하는 도구로 바르게 사용합시다.

kobaco
한국방송광고공사 | 공익광고협의회

이해력 1. 이 광고문에 사용된 그림이 보여 주려고 하는 내용이 무엇인지 생각하여 빈 칸에 쓰세요.

시대	기원전 8000년	기원전 2000년	14세기	21세기
도구	돌로 만든 칼	청동으로 만든 칼	쇠로 만든 칼	㉠
도구의 좋은 점	물건을 쉽게 자를 수 있음.	땅을 쉽게 일굴 수 있음.	짐승을 찌르고 나무를 잘 자를 수 있음.	㉡

분석력 2. 이 광고문은 어떤 문제를 막기 위해 만들었을까요? (   )

① 내가 좋아하는 가수에 대해 함부로 얘기했지. 가만두나 봐라.

나쁜 댓글

② 아유, 더워. 에어컨을 세게 틀어야겠다. 금세 시원해질 거야.

전기 낭비

③ 도대체 쓰레기통이 어디에 있는 거야? 아무도 없을 때 슬쩍 버리자.

길에 쓰레기 버리기

논술 3. 나쁜 댓글은 인터넷 게시판에 다른 사람의 글에 대해 올린 비난하는 글입니다. 나쁜 댓글이 왜 사람을 해치는 도구가 될 수 있는지 써 보세요.

공익 광고문 3

대한민국 어린이가 희망입니다

대한민국은 참 대단한 나라입니다.
작은 땅, 적은 인구에도 빠른 경제 성장을 일으킨 대단한 나라입니다.

대한민국은 참 아름다운 나라입니다.
대한민국 구석구석 아름다운 자연과 사람들이 있는 나라입니다.

대한민국은 참 따뜻한 나라입니다.
마음이 넓고 정이 많은 사람들이 사는 좋은 나라입니다.

대한민국은 참 마음 아픈 나라입니다.
한 민족이 둘로 나누어져 살아야 하는 마음 아프고 슬픈 나라입니다.

대한민국 어린이 여러분!
대한민국을 더 좋게, 아픔이 없는 나라로 만들어야 합니다.
대한민국의 미래가 여러분에게 달려 있습니다.
여러분이 대한민국의 희망입니다.

이해력 **1.** 이 광고문에서 글쓴이가 말하려고 하는 중심 내용은 무엇인가요? (   )

① 대한민국은 대단한 나라입니다.

② 대한민국은 따뜻한 나라입니다.

③ 대한민국은 아름다운 나라입니다.

④ 대한민국을 이끌어 갈 사람은 대한민국 어린이입니다.

추리력 **2.** 이 광고문에서 대한민국은 마음 아픈 나라라고 했습니다. 이것과 관계있는 사진은 어느 것인가요? (   )

①
많은 인구

②
메마른 땅

③
물에 잠긴 도시

④
남북을 갈라놓은 철조망

논술 **3.** 이 광고문을 읽고 미래의 주인공이 될 여러분이 대한민국을 위해 지금부터 할 수 있는 일이 무엇인지 두 가지 이상 써 보세요.

보기 책을 많이 읽습니다.

....

....

....

....

4주 4일
학습 끝!

붙임 딱지 붙여요

1 광고문을 쓸 때에 주의할 점이 <u>아닌</u> 것은 무엇인가요? (   )

① 호기심을 일으킬 수 있는 제목을 씁니다.

② 동화처럼 이야기를 길게 만들어서 씁니다.

③ 하고 싶은 말을 정확하고 간략하게 씁니다.

④ 하고 싶은 말을 잘 전달할 수 있는 그림이나 사진을 씁니다.

2 물건 광고문을 쓸 때에는 중심 내용을 무엇으로 정하면 좋을까요? (   )

① 물건의 모양과 색깔   ② 물건의 특징과 장점

③ 물건의 가격과 크기   ④ 물건의 이름과 용도

3 다음 광고문에서 하고 싶은 말은 무엇인가요? (   )

① "이상한 나라의 앨리스"를 읽자.

② "이상한 나라의 앨리스"가 있다.

③ "이상한 나라의 앨리스"는 이상하다.

④ "이상한 나라의 앨리스"를 빨리 팔아야 한다.

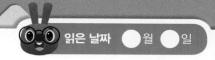

4 다음 공익 광고문의 중심 내용은 무엇인가요?

(   )

① 인터넷 게시판을 마음껏 이용하자.
② 인터넷 게시판에 댓글을 달지 말자.
③ 인터넷 게시판에서 대화를 많이 하자.
④ 인터넷 게시판에 댓글을 남길 때 예의를 지키자.

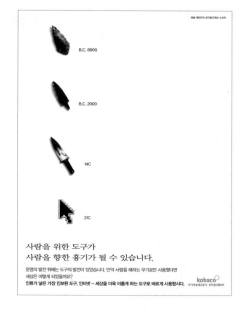

5 공익 광고문은 국가나 사람들의 이익을 위해 만듭니다. 여러분이 만들고 싶은 공익 광고문은 무엇인지 그림을 그리고 제목과 내용도 써 보세요.

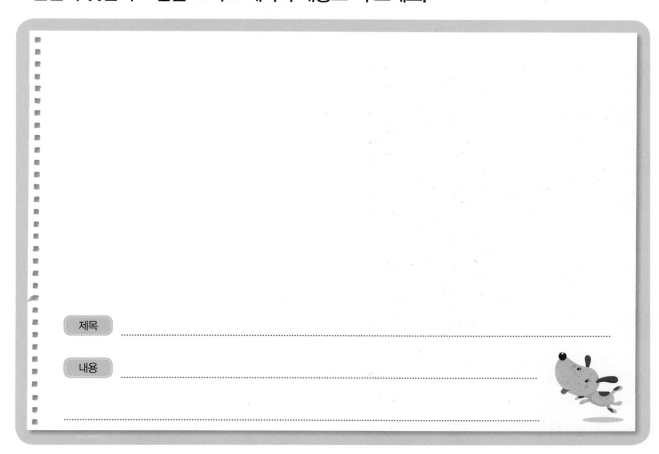

제목

내용

궁금해요

광고하는 글을 어떻게 쓰는지 알아봐요

1. 광고문이란 무엇인가요?

광고문이란 어떤 상품이나 생각 등을 널리 알려서 그것을 이용하거나 그 생각대로 행동하기를 부추기는 글입니다. 주로 신문·잡지 등에 광고하기 위해 씁니다.

2. 광고문을 쓰는 이유는 무엇인가요?

광고하는 글은 글을 읽는 사람의 마음을 움직여서 그 사람의 생각이나 행동에 변화를 주기 위한 목적으로 씁니다.

이런, 일회용품을 사용하면 안 되겠구나.

3. 광고문의 특징은 무엇인가요?

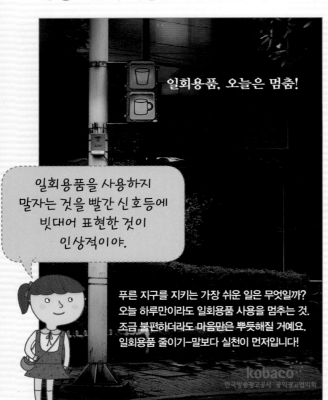

일회용품을 사용하지 말자는 것을 빨간 신호등에 빗대어 표현한 것이 인상적이야.

- 글쓴이의 의견이 잘 나타나 있습니다.
- 내용이 길지 않고, 핵심 내용만 있습니다.
- 사람들의 흥미와 관심을 끌 수 있는 표현이 많습니다.
- 사람의 마음을 움직이기 위하여 인상적인 사진이나 그림, 도표 등을 제시합니다.
- 광고하는 내용이나 대상을 사람들이 오랫동안 기억할 수 있도록 다양한 표현 방법을 사용하여 인상적으로 표현합니다.

4. 광고하는 글은 어떻게 구성하나요?

• 제목 : 읽는 사람의 관심과 흥미를 이끌어 낼 수 있도록 핵심적인 내용을 간결하게 드러냅니다.

• 본문 : 읽는 사람이 광고하려고 하는 내용을 알 수 있도록 특징이나 장점 등의 정보를 제공합니다.

• 기타 : 그림이나 사진, 도표 등을 이용해 전달하는 바를 보다 효과적으로 전달합니다.

5. 광고하는 글은 어떻게 읽어야 하나요?

• 글쓴이가 하고 싶은 말이 무엇인지 파악하며 읽습니다.

• 글쓴이의 의견과 자기 의견을 비교하며 읽습니다.

• 글쓴이가 과장되게 표현하거나 사실과 다르게 말하고 있는 것은 없는지 파악하며 읽습니다.

• 광고하는 대상이 무엇인지 확인하며 읽습니다.

✏️ 광고문의 제목을 정할 때에는 어떤 점을 주의해야 하는지 써 보세요.

내가 할래요

국립 중앙 어린이 박물관을 광고해 봐요

다음은 국립 중앙 어린이 박물관에 대해 설명해 놓은 글입니다. 이 글을 읽고 박물관을 광고하는 글을 써 보세요. 그리고 광고하는 내용을 잘 드러낼 수 있는 사진을 붙이거나 그림도 그려 보세요.

국립 중앙 어린이 박물관은 어린이들이 우리 조상들의 생활 모습을 체험과 놀이를 통해 즐길 수 있는 체험식 박물관입니다. 이 박물관은 어린이뿐만 아니라 온 가족이 함께 즐길 수 있는 공간으로 꾸몄습니다.

전시실은 옛날 사람들의 집에 대해 알려 주는 주거 공간, 농사와 먹을거리에 대해 알려 주는 농경 공간, 우리 조상들의 혼이 담긴 음악 공간, 무기와 무사들을 만날 수 있는 전쟁 공간으로 나뉩니다. 모든 공간에는 어린이들이 직접 만지고 즐길 수 있는 것들이 가득해서 우리 역사를 보다 흥미롭고 생생하게 만날 수 있습니다.

전시관 외에도 어린이 박물관 학교, 박물관 퀴즈왕, 책 읽어 주는 박물관 등 다양한 교육 프로그램이 준비되어 있습니다. 이 박물관은 국립 중앙 박물관 안에 있습니다.

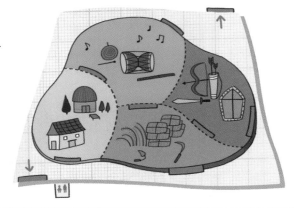

4주
학습 끝!

확인할 내용	잘함	보통임	부족함
1. 이번 주 학습을 5일(월요일~금요일) 안에 끝마쳤나요?			
2. 광고문의 특징을 잘 이해했나요?			
3. 글쓴이의 의견을 찾으며 글을 읽을 수 있나요?			
4. 광고문을 직접 쓸 수 있나요?			

1주 민속 박물관에는 팡이가 산다

1주 10쪽 생각 톡톡

> 예 호미, 짚신, 쟁기, 지게, 절구 등이 전시되어 있을 것입니다.

1주 13쪽

> 1 ④ 2 ② 3 예 우리 조상들이 음악을 사랑하는 지혜로운 분들이라는 것을 느꼈습니다. 그래서 앞으로는 우리나라 문화를 사랑하고 배우도록 노력하겠습니다.

1 민속 박물관은 민간의 생활 양식, 풍속, 습관과 관련된 자료들을 전시하는 곳입니다.

2 우리 조상들은 단옷날에 여자는 창포물에 머리를 감고 그네뛰기를 했으며, 남자는 씨름 등의 민속놀이를 즐겼습니다. 타작(곡식의 이삭을 떨어서 낟알을 거두는 일)과 길쌈(옷감을 짜는 일)은 주로 가을에 했습니다.

3 우리나라의 전통문화에 대해 알아보고, 전통문화를 어떻게 대해야 하는지 생각해 봅니다.

1주 15쪽

> 1 ③ 2 (1) ○ 3 예 다른 사람은 다 웃는데 나만 왜 웃는지 모를 때 / 내가 무슨 잘못을 했는지 모르는데 엄마가 야단칠 때

3 '어리둥절하다'는 무슨 상황인지 잘 몰라서 얼떨떨하다는 뜻입니다. 그에 어울리는 상황을 생각해 봅니다.

1주 17쪽

> 1 ④ 2 (1) ㉠ (2) ㉢ (3) ㉡ 3 예 경찰서를 찾아가서 경찰 아저씨에게 도움을 구합니다. / 휴대 전화가 있으면 부모님께 전화를 하거나, 주변의 어른에게 도와달라고 부탁합니다.

3 낯선 곳에서 길을 잃어버렸다면 침착하게 생각하고 어른들에게 도움을 구합니다.

1주 19쪽

> 1 ② 2 ① 3 예 씨름은 두 사람이 샅바나 바지 허리춤을 잡고 힘과 재주를 겨루는 경기로 상대방을 먼저 넘어뜨리는 사람이 이깁니다.

2 곡식을 해치는 새, 짐승 따위를 막기 위하여 논밭에 세우는 사람 모양의 허수아비에게는 낡은 옷을 입힙니다.

3 씨름은 샅바를 착용하고 여러 가지 기술을 사용하여 상대를 먼저 넘어뜨리는 사람이 이기는 운동입니다.

1주 21쪽

> 1 (2) ○ 2 ② 3 예 맛있는 똥떡이 왔습니다. 이름은 똥떡이지만 맛은 최고입니다. 저를 계속 놀리면 이 맛있는 떡을 먹을 수 없습니다. 늦으면 떡이 모자라서 먹을 수 없으니 빨리 나오세요.

2 추석에는 햅쌀로 송편을 빚고 햇과일 따위의 음식을 장만하여 차례를 지냅니다.

3 놀리는 사람들의 기분도 상하지 않으면서 더는 놀리지 못하도록 하려면 어떤 말을 해야 할지 생각해 봅니다.

1주 23쪽

1 ③ **2** ① **3** 예 전통 혼례식은 주로 야외에서 하고, 한복을 입습니다. 서양식 결혼식은 주로 실내의 예식장에서 하고, 웨딩드레스와 양복을 입습니다.

2 전통 혼례상에는 대나무와 소나무를 꽂은 화병과 밤, 대추, 술 등의 음식이 차려집니다.

3 전통 혼례식은 신랑, 신부가 전통 혼례복을 입고 서로 큰절을 합니다.

1주 25쪽

1 대답했어요 **2** (1) ㉠ (2) ㉢ **3** 예 어디가 나가는 길인지 도저히 찾을 수 없어. 안에서 빙글빙글 돌았더니 눈도 뱅글뱅글 도네.

2 장독에 장을 보관하는 것은 장이 쉽게 부패하지 않도록 하기 위한 것입니다.

3 '상상'은 경험하지 않은 현상이나 사물에 대하여 마음속으로 그려 보는 것입니다.

1주 27쪽

1 (1) 장례 (2) 혼례 (3) 이승 (4) 저승 **2** 상여 **3** 예 콧대 높은 내 짝이 나에게 먼저 미안하다고 말했습니다.

3 '콧대'는 우쭐하고 거만한 태도를 비유적으로 이르는 말입니다.

1주 29쪽

1 ① **2** (1) ㉠ (2) ㉢ (3) ㉡ **3** 예 예쁜 동생을 갖게 해 주세요. / 키가 쑥쑥 자라게 해 주세요.

1 '눈사람'은 하늘에서 내리는 '눈'과 '사람'이라는 두 낱말이 만나서 '눈을 뭉쳐서 만든 사람'이라는 새로운 뜻의 낱말이 되었습니다.

3 복조리에 한 해의 복을 빌었던 조상들의 마음과 같이 소원을 빌어 봅니다.

1주 31쪽

1 ② **2** (1) 베틀 (2) 시루 **3** 예 저는 심부름을 잘합니다. 할아버지가 책이나 신문 보실 때 필요한 돋보기도 찾아다 드리고, 엄마가 요리하실 때 필요한 두부나 달걀도 사다 드립니다. 그래서 우리 가족은 저를 '심부름 공주'라고 부릅니다.

1 대보름날에는 새벽에 귀밝이술을 마시고 부럼을 깨물며 약밥, 오곡밥 따위를 먹고 쥐불놀이를 합니다.

3 내가 가장 자신 있게 자랑할 수 있는 것이 무엇인지 생각해 봅니다.

1주 33쪽

1 (1) ○ **2** ④ **3** 예 겉으로는 무서워 보이지만 어린 도깨비에게는 인자하시고 재미있는 할아버지일 것이다.(예시 그림은 생략)

3 박물관 터를 지키는 터줏대감 할아버지 도깨비를 생각해 봅니다.

1주 35쪽

1 예 민속 박물관에 사는 도깨비들이 모두 착하고 훌륭한 일을 하기 **2** (1) ㉢ (2) ㉡ (3) ㉠ **3** 예 팡이야, 민속 박물관의 식구가 된 걸 축하해. 이곳에서 행복하게 살았으면 좋겠다.

3 새 친구를 맞이할 때 어떤 환영의 말을 해야 하는지 생각해 봅니다.

1 (1) ○ (3) ○ (4) ○ (6) ○ **2** (1) 대보름날
(2) 단옷날 (3) 설날 (4) 동짓날 **3** ② **4** 예
악귀가 탈을 보고 무서워서 도망가라고 무서운
탈을 쓰고 춤을 추었을 것입니다. **5** 해설 참조

3 삼일절, 광복절, 개천절은 나라의 경사를 기념
하기 위하여 국가에서 정한 국경일입니다.

5

✏ 절구, 시루

● 절구에 쌀과 곡식을 빻아서 반죽을 하고 시루
에 떡을 쪘습니다.

● 예 경기도 어린이 박물관 / 김동찬 / 20○○년
○○월 ○○일 / 우리 몸이 어떻게 생겼는지 보
여 주는 전시실에서 우리 몸의 신체 기관들을 직
접 보고 싶습니다. / 튼튼 놀이터와 자연 놀이터
가 있어서 기차 옷을 입고 기차놀이도 할 수 있
고, 소방대원이 되어 소방차도 운전해 볼 수 있었
습니다.

● 박물관에 대해서 알게 된 내용들을 꼼꼼하게
정리합니다.

예 중국에서 전해 내려오는 이야기가 들어 있는
책을 읽고 싶습니다.

1 ④ **2** 해설 참조 **3** 예 단군 신화 / 우리 민족
의 탄생과 관련이 있으면서 사람이 되고 싶은 곰
과 호랑이의 모습이 무척 재미있기 때문입니다.

2 ㉠은 러시아, ㉡은 사우디아라비아, ㉢은 뉴질
랜드, ㉣은 미국입니다.

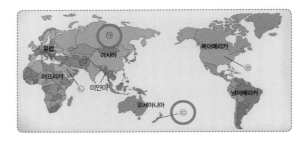

3 우리나라에 전해 내려오는 옛이야기가 무엇인
지 알아보고, 그중 재미있게 읽었거나 감동받은
이야기를 골라서 씁니다.

1 ① **2** ② **3** 예 부자라고 동생을 함부로 대하
면 안 돼요. 형이라면 가난한 동생을 돌봐 주어
야 해요. 지금부터라도 욕심을 부리지 말고 동생
과 사이좋게 지냈으면 좋겠습니다.

2 가루를 물에 넣고 저었을 때, 가라앉는 것이 없
으면 물에 녹는 가루이고, 가라앉는 것이 많으
면 물에 녹지 않는 가루입니다. 물에 녹는 가루
는 설탕, 소금 등이며, 물에 녹지 않는 가루는
미숫가루, 밀가루 등입니다.

3 가난하고 착한 동생을 도와주지도 않는 형에게 해 주고 싶은 말을 생각해 봅니다.

1 즐거움, 반가움 → 미움, 원망스러움 **2** ⑶ ○ ⑷ ○ **3 예** 미안해. 나도 구덩이 속을 구경하고 싶은데, 오늘은 엄마가 일찍 들어오라고 하셔서 안 돼. 다음에 나도 놀러 갈게.

1 동생은 자기의 슬픔을 위로해 주는 불행이가 처음에는 반갑고 함께 노는 게 즐거웠지만, 집이 가난해지고 가족들이 힘들어지자 불행이를 미워하고 원망했습니다.

2 사람들은 화폐가 만들어지기 전 곡물이나 소금, 조개껍데기 등을 화폐처럼 사용했습니다. 화폐로 사용되는 물건은 누구나 원하는 물건이어야 하며, 쉽게 변하지 않아야 하고, 많은 사람들이 주고받을 수 있을 만큼 그 양이 넉넉해야 했습니다.

3 위기에서 벗어날 방법을 생각해 봅니다.

1 맷돌 **2** ④ **3 예** 엄마, 아빠, 할아버지, 할머니처럼 가족 중에서 저보다 어른들에게 물어봅니다. 혹은 친구와 함께 해결할 수 있는 방법에 대해서 생각해 봅니다.

1 맷돌에 대한 설명입니다.

2 참나무의 줄기는 집을 지을 수 있는 기본 재료가 되기도 하고, 다양한 도구의 재료로 여러 곳에 쓰이기도 합니다.

3 어려운 문제를 해결할 수 있는 효과적인 방법을 생각해 봅니다.

1 ② **2** ④ **3 예** 처녀 쥐의 엄마, 아빠는 마을의 총각 쥐들이 훌륭한 신랑감이 아니라고 생각했습니다. 총각 쥐들보다 더 나은 신랑감이 있을 거라고 생각했기 때문입니다.

1 미얀마의 국기에는 노랑, 초록, 빨강의 가로줄 무늬와 하얀 별이 들어갑니다. ①은 미국, ③은 일본, ④는 우리나라 국기입니다.

3 처녀 쥐의 엄마와 아빠는 딸에게 어울릴 만한 신랑감은 세상에서 가장 훌륭해야 한다고 생각했습니다.

1 ② **2** 저 **3 예** 새: 처녀 쥐를 태우고 하늘을 날아다닐 수 있어서 처녀 쥐가 좋아할 것이라고 생각하기 때문입니다.

2 상대방에게 자기를 낮출 때에는 '저, 제, 저희' 등과 같은 말을 사용합니다.

3 처녀 쥐에게 잘 어울릴 신랑감을 찾아봅니다.

1 ④ **2** ① **3 예** 찬성해요: 부모님은 어른이기 때문에 좋은 신랑감을 잘 골라 주실 것 같아서 찬성합니다. / 반대해요: 결혼은 본인이 하는 것이라서 자기가 직접 찾아야 한다고 생각하기 때문에 반대합니다.

1 빈칸에 들어갈 동물들은 차례대로 꿩, 원숭이, 지렁이, 쥐입니다.

3 찬성과 반대의 입장 중에서 하나를 선택하고, 그렇게 생각한 까닭을 씁니다.

1 ③   2 황소, 총각 쥐   3 **예** 바람: 세계 여러 곳을 마음껏 돌아다니고 구경해서 아는 것이 많을 것 같아서 신랑감으로 골랐습니다.

1 ①은 요리사, ②는 의사, ④는 태권도 선수에게 어울리는 옷차림입니다.

3 어떤 신랑감을 선택할지 생각해 봅니다.

1 ④   2 (1) 봄   (2) 여름~가을   3 **예** 벌레들이 나무를 갉아 먹어서 나무들이 시들고 상한 모습을 보고 슬퍼서 울었습니다.

1 뉴질랜드는 오세아니아 대륙의 동남쪽에 있는 섬나라로, 영국의 식민지로 지내다가 1947년에 독립하였습니다.

2 개나리꽃, 진달래꽃, 철쭉꽃, 목련꽃 등은 봄에 피고, 무궁화꽃, 코스모스꽃 등은 여름~가을 동안 핍니다.

3 "벌레들 때문에 내 나무들이 아프단다."라는 문장을 통해 나무의 여신이 우는 이유를 추리해 봅니다.

1 ①   2 ④   3 **예** 뻐꾸기야, 고맙구나. 너를 위해 소원 하나를 들어주마. 무슨 소원이든 말해 보렴.

2 동생은 누나의 슬픔을 이해하고 도와주려는 자상하고 배려심 있는 성격입니다.

3 뻐꾸기가 동생의 부탁을 들어준다면 어떤 마음이 들지 생각해 봅니다.

1 ④   2 ① ㉡   ② ㉢   ③ ㉣   ④ ㉠   3 **예** 둘씩 짝을 지어서 벌레를 잡는 것은 어때요? 그럼 혼자가 아니라 외롭지 않아서 좋을 거예요.

1 점심을 굶은 친구와 음식을 똑같이 나누어 먹는 것은 그 친구를 생각하는 행동으로 보기 어렵습니다.

3 상대방을 설득하기 위해서는 논리적인 방법으로 말해야 합니다. 새들을 논리적으로 설득할 수 있는 말을 생각해 봅니다.

1 **예** 먹는 배 – 타는 배 / 신체 눈 – 하늘에서 내리는 눈   2 ①   3 **예** 두루미, 장수를 기원하는 마음을 담아서 두루미 그림을 넣었습니다.

2 날지 못하는 새는 닭, 타조, 에뮤 등입니다.

3 화폐에 실린 그림들이 왜 실렸는지 생각해 봅니다.

1 형, 동생, 외눈박이 도깨비(불행이), 외눈박이 도깨비 친구   2 구덩이 속에 불행이가 들어가자 구덩이 구멍을 막았습니다.   3 형과 동생의 꾀로 맷돌 속에 갇혔습니다.   4 나무들을 갉아 먹는 벌레를 잡아먹을 새를 구해 달라고 했습니다.   5 비둘기, 뻐꾸기, 쇠물닭, 키위   6 키위   7 뉴질랜드 사람들이 가장 사랑하는 새가 되게 했습니다.   8 해, 구름, 바람, 소나무, 황소, 총각 쥐   9 총각 쥐

● 책을 읽고 난 뒤 책의 내용을 독서 카드나 독서 감상문으로 기록해 놓으면 오래도록 책의 내용을 기억할 수 있습니다. 세 이야기의 주요 내용을 잘 떠올려 봅니다.

2주 70~71쪽　　궁금해요

✎ 해설 참조

● 각 나라를 대표하는 것에 어떤 것들이 있는지 자세히 살펴봅니다.

2주 72~73쪽　　내가 할래요

1 해설 참조　2 **예** 건강에도 좋지 않고, 냄새도 나쁜 담배 / 보기만 해도 징그럽고 무서운 바퀴벌레 / 아빠가 마시는 술　3 예시 그림 생략

1

2 내가 싫어하는 것이나 여러 사람에게 피해를 주는 물건 중에서 고릅니다.

3주 **과학관으로 놀러 오세요**

3주 75쪽　　생각 톡톡

예 타임머신, 이상한 거울, 말하는 로봇 등이 전시되어 있을 것입니다.

3주 77쪽

1 ②　2 ④　3 **예** 놀이터나 영화관처럼 어린이들이 좋아하고 즐길 수 있도록 과학관이 꾸며져 있기 때문입니다.

1 이 글에서는 과학관에 어린이들이 어렵게 생각하는 과학을 쉽게 알려 주기 위한 전시물들이 전시되어 있다고 했습니다.

2 여러 사람이 모이는 공공장소에서는 다른 사람에게 피해를 주는 행동은 하지 말아야 합니다. 그 대표적인 것이 뛰어다니거나 떠드는 것, 돌아다니면서 음식물을 먹거나 물건들을 함부로 다루는 것입니다.

3 글쓴이는 과학관을 어린이들이 친숙하고 즐겁게 느끼도록 꾸며 놓았다고 했습니다.

3주 79쪽

1 ③　2 ②　3 **예** 전기가 없다면 전등을 켤 수 없어서 캄캄한 세상 속에서 살아야 할 것입니다.

2 소리와 관련된 전시물도 있습니다.

3 전기가 우리 주변에서 어떻게 쓰이고 있는지 생각해 보고 전기가 없을 때 어떤 일이 벌어질지 상상해 봅니다.

정답 및 해설

3주 81쪽

1 ③ 2 ④ 3 예 사람을 끌어당기는 힘이 없으므로 걸어 다니지 못하고 우주 공간을 둥둥 떠다닐 것 같습니다.

1 우주 음식은 우주선에 저장해야 하기 때문에 적은 공간에 많이 넣을 수 있도록 크기가 작아야 하며 가지고 다니기 편해야 합니다. 또한 우주 비행이 길어질 수도 있으므로 보관 기간도 넉넉해야 합니다.

2 60의 $\frac{1}{6}$은 10입니다.

3 중력의 뜻을 생각해 보고, 중력이 없을 경우 어떤 일이 생길지 추리해 봅니다.

3주 83쪽

1 핵분열 2 (1) X (2) ○ (3) X (4) ○ 3 예 원자가 핵분열을 할 때 나오는 방사선은 자연과 사람에게 해롭습니다.

1 원자핵이 자극을 받아 두 개로 쪼개지는 과정입니다.

2 원자는 모두 핵을 가지고 있습니다.

3 원자력은 잘 사용하면 좋지만, 관리를 잘못하면 큰 피해를 줄 수 있습니다.

3주 85쪽

1 ④ 2 ② 3 예 환자가 어디가 다쳤는지, 어디가 부러졌는지 전혀 알 수가 없어 치료를 하지 못합니다.

3 병원에서 사용되는 엑스선 촬영은 환자의 상태를 알아보기 위해 사람의 피부를 통과하여 뼈를 들여다볼 수 있는 기계라는 점을 생각해 봅니다.

3주 87쪽

1 ① 2 아랍 에미리트 3 예 우리나라의 재미있는 책, 우리나라의 맛있는 음식

1 우리나라에는 원자력 발전소가 있습니다.

3 외국에 알리고 싶은 우리나라의 자랑거리나 외국인이 우리에게 부러워하는 것이 무엇인지 생각해 봅니다.

3주 89쪽

1 ③ 2 (1) 위로 올라갑니다. (2) 아래로 내려옵니다. (3) 뜨거워집니다. 3 아래, 위, 아래

1 앞의 내용에 어울리는 낱말을 찾아봅니다.

2 대류는 기체나 액체에서 물질이 이동함으로써 열이 전달되는 현상입니다.

3 뜨거운 공기의 움직임을 살펴봅니다.

3주 91쪽

1 ① 2 ② 3 예 'U' 자 모양 트랩을 우리 집 세면대에서 보았습니다.

1 화장실에 들어가기 전에는 꼭 노크를 해야 합니다.

2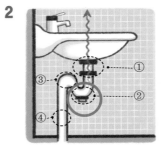

3 집이나, 학교, 다른 여러 장소에서 배수관의 모습을 보고 그곳에 어떤 모양의 트랩이 있는지 살펴봅니다.

1 대기 전력 **2** ① **3** 예 사용하지 않는 전등은 바로바로 끕니다. / 냉장고 문을 자주 열었다 닫지 않습니다.

2 전선이 낡았거나 파손되어 접촉 상태가 불량한 전기 제품은 사용하지 말아야 합니다.

3 우리가 생활 속에서 실천할 수 있는 방법을 생각해 봅니다.

1 ①, ② **2** ③ **3** 예 (1) 에어컨 대신 선풍기를 틉니다. (2) 내복을 입고, 난방 온도를 적당하게 유지합니다.

1 석탄과 석유는 양이 한정되어 있습니다.

2 과거와 현재가 아닌 미래에 쓰일 에너지에 대한 전시품이 적합합니다.

3 에너지를 절약하면 지구의 환경도 지킬 수 있습니다.

1 ④ **2** (1) ㉠ (2) ㉢ (3) ㉡ **3** 예 나는 우리 주변에 항상 있는 공기를 이용해서 미래 에너지를 만들고 싶어.

1 우리는 현재 주로 석탄, 석유, 천연가스 등을 이용해 에너지를 만들어 내고 있습니다.

2 분리배출은 쓰레기를 줄이는 데에도 도움이 됩니다.

3 안전하면서도 쉽게 구할 수 있는 물질을 이용하는 방법을 생각해 봅니다.

1 ① **2** ④ **3** 예 토스터는 빵이 익으면 어떻게 저절로 빵을 튕겨 낼 수 있을까? / 전자레인지는 어떻게 음식을 데우지? / 전화기에서 어떻게 목소리가 들릴까?

2 설명하는 글은 어떤 대상이나 사실에 대해 읽는 사람이 이해하기 쉽게 풀어 써야 합니다. 느낌보다는 사실을 중심으로 씁니다.

3 생활 속에서 느낀 호기심이나 과학의 원리가 궁금했던 점을 생각해 봅니다.

1 (1) 우주 (2) 나쁜 냄새 (3) 대기 전력 (4) 폐기물 **2** (1) ○ (2) ○ (3) X (4) X (5) X (6) ○ (7) ○ (8) ○

2 생각이 나지 않는 내용은 본문을 다시 읽어 봅니다.

✏️ 예 (1) 떡 박물관 (2) 내 생일날 (3) 가족이나 친구

● 구체적이고 실천 가능한 계획을 세워 보고 꼭 지키도록 합니다.

● 예 **1** 유리잔, 사람 **2** 반듯하게 **3** 움직이지 **4** 같아

● 시각적인 착각에 대한 대화입니다. 착각이 아닌 실제 모습을 관찰해 봅니다.

4주 광고하는 글을 써 봐요

4주 107쪽 생각 톡톡

예 헌혈은 사랑을 나누는 행동입니다.

4주 109쪽

1 ②, ③, ④ 2 (1) 의 (2) 사 (3) 의 (4) 사
3 해설 참조

2 사실은 실제로 있었던 일이나 현재에 있는 일이고, 의견은 어떤 대상에 대한 생각입니다.

3 학교 시설에 대한 광고문이므로 학교와 관계있는 그림을 그려 봅니다.

4주 111쪽

1 ①, ② 2 ④ 3 예 (1) 동화 속 미끄럼틀의 탄생 (2) 미끄럼틀이 꼬불꼬불하여 정말 재미있습니다. 안전하게 설계되어 있어 높이 올라가도 위험하지 않습니다.

2 광고문으로 설득하고자 하는 대상이 누구인지 생각해 보고, 그 대상이 주로 활동하는 곳에 붙입니다.

3 미끄럼틀의 특이한 모양과 재미, 안전 등 광고 대상의 장점을 부각시켜 씁니다.

4주 113쪽

1 ① 2 ②, ③ 3 예 첫째, 친구들의 얘기를 잘 들어줍니다. 둘째, 종이접기를 잘합니다.

3 친구들이 좋아할 만한 자신만의 장점을 내세워야 합니다.

4주 115쪽

1 ③ 2 ④ 3 예 (1) 주인을 찾습니다 (2) 안녕하세요. 저는 똘망이라고 합니다. 현재 저와 함께 살고 있는 수빈이가 외국으로 이사를 간대요. 수빈이와 헤어지기는 싫지만 저를 외국에 데려갈 수는 없대요. 저는 말도 잘 듣고, 재롱도 잘 떨어요. 수빈이한테 그랬던 것처럼 사랑도 많이 드릴게요. 저를 사랑하고 잘 돌봐 주실 분을 찾습니다.

2 짧은 시간에 사람들의 관심을 끌고 알리려는 내용이나 대상을 인상적으로 표현하기 위해서는 그림이나 사진, 도표 등이 도움이 됩니다. 그림은 광고문의 내용을 잘 살릴 수 있도록 내용과 어울려야 합니다.

3 전 주인에 대한 애틋함과 새 주인에 대한 기대감을 담아서 광고문을 씁니다.

4주 117쪽

1 ④ 2 ④ 3 예 우리 집의 대표적인 볼거리: 우리 집 책장을 보러 오세요. 우리 집 책장에는 책이 200권 넘게 있어요. / 우리 집의 대표적인 먹을거리: 고소한 냄새가 솔솔 나는 빵. 우리 엄마가 만드는 빵은 빵집에서 사는 것보다 훨씬 맛있답니다.

1 이 광고문에는 놀이공원에 관한 내용은 나와 있지 않습니다.

2 관광지는 경치가 뛰어나거나 역사적으로 중요한 시설 따위가 있어 관광할 만한 곳입니다. 관광지 광고문에 관광지의 교통 요금은 꼭 넣지 않아도 됩니다.

3 다른 집과 비교하여 특별히 내세울 만한 우리 집의 볼거리와 먹을거리를 씁니다.

1 ④ 2 ③ 3 예 "삼국지"는 어렵다는 생각을
깬 "어린이 삼국지"가 나왔습니다. 어린이들의 눈
높이에 맞춰 아주 쉽고 재미있습니다. 술술 읽히
는 "어린지 삼국지"를 지혜와 용기를 배우고 싶
은 분들에게 권합니다. "어린이 삼국지"는 모두
세 권입니다.

1 책을 소개하는 광고문에는 소개하는 책의 특
징과 장점만 드러나게 씁니다.

3 책의 장점을 정확하고 효과적으로 부각시켜서
강조합니다.

1 ① 2 ④ 3 예 (1) 달콤 딸기 샌드위치 (2) 딸
기잼과 달걀, 치즈를 넣어 달콤하고 고소하며 건
강에도 좋습니다.

2 '티끌 모아 태산'은 티끌같이 작은 것이라도 쌓
이면 태산처럼 큰 것이 된다는 뜻입니다. '누워
서 떡 먹기'는 매우 쉽고 간단한 일이라는 뜻입
니다. '발 없는 말이 천 리 간다'는 말은 퍼지기
쉬우니 조심하라는 뜻입니다.

3 사람들의 관심을 불러일으키고 먹고 싶은 마음
이 들도록 씁니다.

1 ④ 2 예 미안해, 용서해 줘!(해설 참조) 3 예
제목: 도장은 만능 대화 상자 / 본문: 그림과 글씨
가 있는 이 도장은 대화 도장입니다. 생일인 친구
에게는 케이크가 그려진 도장을 꾹, 칭찬을 해 주
고 싶은 친구에게는 '참 잘했어요'가 써 있는 도
장을 꾹. 도장으로 꾹꾹, 사랑의 말을 전하세요.

1 전하고자 하는 내용을 간결하고 익살스럽게 그
린 만화는 사람들에게 흥미를 불러 일으킵니다.

2

3 광고문의 제목은 광고의 중심 내용을 선택하
여 호기심을 끌 수 있는 것으로 정합니다. 본문
은 광고하려는 도장의 장점을 이해하기 쉽고 간
결하게 정리합니다.

1 ④ 2 ① 3 예 저는 여러분의 귀가 되어, 여러
분의 얘기를 잘 듣겠습니다.

1 선거는 일정한 조직이나 집단이 대표자나 임원
을 뽑는 일이므로, 선거 광고문에는 후보자들
이 반을 위해서 앞으로 할 일이 들어가면 좋습
니다.

2 자신의 생각대로 투표를 해야 합니다.

3 때로는 직접적으로 말하는 것보다 사물을 빗대
어 말하는 것이 더 강하게 다가오기도 합니다.
비유는 글을 읽는 사람들이 잘 알고 있는 것을
이용해야 효과적입니다.

1 ② 2 ④ 3 예 천으로 만든 주머니를 사용하
세요.

1 그림과 글에 담긴 의미를 생각해 봅니다.

3 한 번만 쓰고 버리는 일회용품 대신에 여러 번
쓸 수 있는 물품을 생각해 봅니다.

1 ㉠ 인터넷 ㉡ 사람들끼리 편리하게 의견을 주고받을 수 있음. 2 ① 3 예 서로의 얼굴을 볼 수 없다고 해서 함부로 욕설이나 비방을 하면 그로 인해 상처를 받는 사람이 있기 때문에 나쁜 댓글은 사람을 해치는 도구가 될 수 있습니다.

1 똑같은 물건이라도 어떻게 쓰느냐에 따라 인류의 발전을 위한 도구로 사용될 수도 있고, 평화를 해치는 무기가 될 수도 있습니다.

2 댓글은 인터넷에 올린 다른 사람의 글에 대하여 짤막하게 올리는 글로, 최근에는 욕설이나 비판하는 댓글을 올리는 사람들이 많아서 문제가 되고 있습니다.

3 인터넷은 여러 사람이 함께 이용하는 공간입니다. 따라서 다른 사람을 불쾌하게 하거나 피해를 주는 일은 하지 말아야 합니다.

1 ④ 2 ④ 3 예 남을 도와주고 배려하는 마음을 기릅니다. / 운동을 열심히 해서 체력을 기릅니다. / 부모님 말씀을 잘 듣습니다.

3 미래를 준비하는 바른 자세는 건강한 몸과 마음으로 자라는 것입니다.

1 ② 2 ② 3 ① 4 ④ 5 예 제목: 내복이 난방 / 내용: 추운 겨울날 내복을 입으면 실내 온도를 높이지 않아도 됩니다. 그러면 에너지도 절약할 수 있습니다. 우리 모두 내복을 입읍시다.(예시 그림 생략)

1 광고는 설득을 목적으로 합니다. 따라서 광고문을 쓸 때에는 사람들의 마음을 움직일 수 있도록, 하고 싶은 말을 간략하게 쓰고 그림이나 사진 등을 인상적으로 제시해 주어야 합니다.

2 물건 광고문에는 대상의 특징이나 장점을 중심 내용으로 정하는 것이 좋습니다.

3 책 광고문은 그 책을 읽으라는 내용의 광고문입니다.

5 나만의 이익이 아닌 모든 사람들의 이익을 위한 광고문을 생각해 봅니다.

예 중심이 되는 내용을 제목으로 정했는지, 사람들의 관심을 끌 수 있는지, 광고할 대상을 바르게 나타냈는지에 주의하며 제목을 정해야 합니다.

● 제목만을 읽고도 무엇을 광고하는지 알 수 있게 하거나, 사람들의 호기심을 이끌어 낼 수 있어야 합니다.

● 예 몸으로 배우는 역사 놀이터, 국립 중앙 어린이 박물관 / 역사 공부는 과학이나 수학처럼 재미없고 지루하다고요? 그렇다면 이곳 국립 중앙 어린이 박물관으로 오세요. 박물관 곳곳에 놀 것, 볼 것이 가득하거든요. 머리보다 몸이 먼저 느끼고 깨우치는 역사 공부, 지금 바로 시작하세요.

● 국립 중앙 어린이 박물관의 특징과 장점을 살려 광고하는 글을 씁니다.

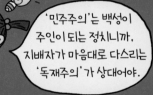